特選ペニー・ジョーダン

アイスレディ

ハーレクイン・マスターピース

東京・ロンドン・トロント・パリ・ニューヨーク・アムステルダム
ハンブルク・ストックホルム・ミラノ・シドニー・マドリッド・ワルシャワ
ブダペスト・リオデジャネイロ・ルクセンブルク・フリブール・ムンバイ

MAN-HATER

by Penny Jordan

Published by Harlequin Japan, a Division of K.K. HarperCollins Japan, 2020

ペニー・ジョーダン

1946年にイギリスのランカシャーに生まれ、10代で引っ越したチェシャーに生涯暮らした。学校を卒業して銀行に勤めていた頃に夫からタイプライターを贈られ、執筆をスタート。以前から大ファンだったハーレクインに原稿を送ったところ、1作目にして編集者の目に留まり、デビューが決まったという天性の作家だった。2011年12月、がんのため65歳の若さで生涯を閉じる。晩年は病にあっても果敢に執筆を続け、同年10月に書き上げた『純愛の城』が遺作となった。

主要登場人物

ケリー・ラングドン……広告代理店の経営者。

コリン・ラングドン……ケリーの亡夫。

スー・ベンソン……ケリーの親友。

ジェレミー・ベンソン……スーの夫。

ジェイク・フィールディング・カルー……国際的企業の重役。

1

年のせいかしらね……。ケリーはオフィスの明かりを消した。広告会社を始めた当時から、体も頭も酷使して、夜遅くまで必死に働いてきた。しかし、仕事が軌道に乗った今、昔のような意気ごみはない。エレベーターのボタンを押し、ため息をもらした。ケリーの会社は大手の保険会社が所有するビルの中にあった。仕事の取り引きがあるため、かなり有利な条件で借りている。

今日、帰りが遅くなったのは、午前中ずっと会計士といっしょに会社の経常収支に目を通していて、ほかの仕事が押せ押せになったためだ。

会計士のイアン・カーライルは数字を示しながら、ほめちぎった。「業績は好調。資本がしっかりしてるから、安心していてだいじょうぶですよ」

ケリーの祖父の死後、イアンはケリーを訪ね、祖父が莫大《ばくだい》な遺産を彼女に残したことを伝えた。十八歳のケリーにはまさしく青天の霹靂《へきれき》で、遺産相続人になったという実感がわくまで、しばらく時間がかかった。ロンドン近郊のごく普通の家で彼女を育てあげてくれた祖父母にそんな巨額の財産があるなどとは、夢にも思わなかった。祖母ですら、夫が株にのめりこんでいたことや大もうけしていたことを知らなかったのではないだろうか。

初めのうち、ケリーは金額に圧倒されて、戸惑っていた。が、まもなく――コリンとの一件の後――金は運用すべきだ、女も男と同じように事業で成功できることを実証してみよう、という気持になった。

それが実証されたのに、なぜこれほど落ちこんでいるのだろう。アパートメントで一人寂しく食事をするのではなく、会社の三周年とそのめざましい業績をにぎやかに祝うのが本当ではなかったか……。

　成功と孤独感は正比例する、とケリーは感じはじめていた。しかし、それは彼女が望んだことである。他人を頼って人間関係をこじれさせるくらいなら、寂しさを味わいながらも成功をつかむほうがずっといい。コリンとの一件以来、ケリーは自分以外の人間を頼るまい、と心に決め、それが自分のやりかたなのだ、と自分に言いきかせてきた。

　ラッシュアワーも過ぎ、道はすいていた。成功は九時から五時まで働くだけでは手に入らないが、ハードワークと引きかえても余りあるほどの価値がある。ケリーはウインドーに映った自分のトレンチコート姿にはほとんど目もくれずに歩きはじめた。ケリーの会社は業界でも業績がよく、顧客のあいだで彼女の評判も上々だ。

　それならばなぜ、よりによって今夜、こんな気分になっているのだろう。どうして生きかたを問い直したりするのだろうか？　仕事に全身全霊をささげる決意をしたのではなかったのか？　だれに強制されたわけでもなく、自分で選んだ生きかたである。祖父の遺産のおかげで働く必要のないケリーだったが、コリンとのことがあった後も、仕事を続けることにした。イアンはそれが心の傷をいやす治療法の一つだ、と言っていたが、たしかに効果はあった。それなのに、精神状態が不安定なのはなぜなのだろう？　二十六歳のケリーは富と成功を手に入れ、魅力的で聡明《そうめい》で、親しい友人もいる。このあやふやな精神状態は自分でも理解できなかった。

　アパートメントに着いたときには、なんとかそんな気分を吹きとばし、安堵《あんど》の吐息をもらしながら、ドアの鍵《かぎ》を開けた。

　ここは念入りに選んで購入したアパートメントで、内装にもオフィスのイメージを取り入れてほしい、との注文をつけた。広い居間の壁と絨毯《じゅうたん》はグレーがかった淡いブルー。ガラスのコーヒーテーブルを挟んで、オフホワイトのソファが置かれ、その上に淡いブルーグレーから濃紺へと微妙に色あいの異なったクッションが載っている。オフィスと同じインテリアデザイナーに内装を依頼した結果、少し冷たい感じがするくらい、クラシックで完璧《かんぺき》な仕上がりになった。運よく雇うことのできた有能な掃除人が毎朝来てくれるので、室内はつねにきちんと片づいている。ケリーは現代風のイタリア製家具を入れた近づきがたいような雰囲気が気に入っていたのだが、今夜はなぜか抵抗を覚えた。その代わりに、コリンと暮らすはずだったハムステッドの一軒家が脳裏に浮かぶ。何カ月もかけて、彼女自身が内装を考えた家だった……。

　過去は過去よ！　ケリーは自分をしかりつけ、寝室へ行ってトレンチコートを脱ぎ、整理整頓《せいとん》にやかましかった祖母の教えどおり、ハンガーにかけた。コリンにこの習慣を笑われたのを思いだす。彼はいろいろな面でケリーをばかにしたが、当時の彼女にはそれがどういうことなのかわからず、ただからかわれているだけなのだ、と思っていた。

　紺と白のストライプのスカートと、白いシルクのブラウスは一目で素材のよさがうかがえる。光沢のある生地が豊かな胸――ケリー自身は大きすぎると思い、会社を始めた当初は何度も顧客の視線に身を硬くした――を浮きあがらせている。そのバストに比べ、ウエストは極端に細く、脚は長い。ケリーのスタイルを一言で表現するなら、〝グラマー〟という言葉がぴったりだ。ケリーはいつも曲線的な肢体をできるだけ隠してくれるような服を身につけ、黒くて長い髪をきちんとシニヨンに結っていた。

　昔は毎晩、祖母がその髪にブラシを当ててくれたものだ。ピンをはずすと、絹のような髪がさっと肩に広がる。スカートを脱ぎ、ハンガーに吊《つ》るしながら、髪をショートカットにしようか、とも考えたが、きちんとまとめたヘアスタイルのほうが会社の経営者にはふさわしいように思われた。男性は、ベッドをともにしたくなるような女性を本気で仕事の相手にはしてくれない。ケリーのファッションとヘアスタイルは彼女の理想とするビジネスライクなイメージ作りに一役買っていた。

　今日の仕事は思いのほか過重だったらしく、どっと疲れが出た。食欲はあまりなく、ただベッドに入りたい。が、その前に数字のチェックをしなければならない。ケリーはいつも家に帰ると、まず着替えをした。コリンと知り合う前のようなジーンズ姿になることはなかったが、今夜はなんとなくいつもの部屋着を身につける気になれない。ケリーは洋服だんすの中から、この前のクリスマスに日本人の顧客から贈られたはなやかな模様のキモノを取りだした。

　青緑の地の色がケリーの肌の色とサファイアブルーの瞳によく映える。長いこと休みを取っていないせいか、肌に生気が感じられないと思いながら、ケリーは帯を締め、メークを落として、髪をブラッシングした。それから居間にもどり、会社から持ち帰った書類を手に、ソファに丸くなる。

　数字とにらめっこをしていると、玄関のベルが鳴った。ケリーは眉をひそめて廊下のインターホンを取り、訪問客の名前を尋ねた。

「ぼくだよ、ケリー。ジェレミー・ベンソンだ」

　聞き慣れた声を耳にとめ、ケリーは暗い気持になった。親友のスーの夫なのだが、どうも好きになれない。スーとジェレミーが婚約していたころから、彼には好意を抱けなかったし、その後、ますます嫌悪感がつのっていった。二人は結婚して六年になるが、そのうちの一年間さえ、ジェレミーが誠実な夫だった時期はないのではあるまいか。

スーとは同じ学校で学んだ一番の親友だが、ジェレミーがあからさまにケリーに気のあるそぶりを見せて以来、ケリーはスーと会うのを控えるようになった。最近では、スーが一人でロンドンに出てきたとき、ショッピングにつき合う程度になっている。

ジェレミーはケリーにどう思われているか知っているくせに、しつこく言いより、いっそう彼女の反感を買った。それだけでなく、一般男性の女性観――新聞で男女平等と書きたてていても、男は女を等しい権利を持つ人間としてではなく、性的欲望の対象として見ていること――をも悟らせた。

スーのためを思って、ケリーはジェレミーを軽蔑《けいべつ》していることは隠していた。彼はいじましく、執念深い性格で、時がたつにつれて、スーを昔の友人たちから遠ざけ、自分だけが彼女の心の支えになるようにした。スーは一度として夫の欠点を口外したことはない。ジェレミーの真の姿を知らないのだろう。そして、彼女自身が言っているように、心からジェレミーを愛しているのだ。もし真相を知ったら、スーがどうなるか、ケリーは心配でならなかった。愛する男性の背信行為が女性にどれだけ打撃を与えるかは、ケリーが一番よく知っているのだから。

「ケリー、ぼくを一晩じゅうここに立たせておく気？　スーに伝言を言いつかってきたんだよ」

それを伝えて立ち去ってほしい、と今にも口から出そうになったが、そんなことをすれば彼の恨みを買うことまちがいなしだ。ジェレミーはケリーが彼を嫌っているのを知っているので、立ち去るどころか、彼の欲望の炎に油を注ぐことになりかねない。中に入れるのを拒んだら、いずれ二人きりになる機会を見つけて、責めるだろう。ケリーが二人きりになりたがらないのは、自分に気があるせいだ、などとこじつけるかもしれない！　ケリーには彼の心の動きが手に取るように読めた。

ケリーは口もとをゆがめ、しぶしぶドアを開けた。ジェレミーの目はケリーの姿をとらえたとたん、きらりと光り、彼はケリーの頬にキスしようと前かがみになった。ケリーは体をこわばらせて、後ろに下がる。

「あいかわらず堅物なんだな」ジェレミーはにやにやしている。「どうってことないじゃないか。ぼくとのあいだに何か起こるのでは、と怖いのかい？　そんな心配はする必要ないよ」

例によって、ケリーは彼の態度に虫酸が走る思いがした。今にも爆発しそうな感情を抑えて、ジェレミーに飲み物を手渡し、向かい合って腰を下ろす。

「すてきなところに住んでいるんだねえ」ジェレミーは感心したように室内を見まわす。「スーはインテリアのセンスがなくてね。もっとも、金さえあればなんでもできるんだろうが」

二人を同時に非難している！　ケリーは不快な気分になった。まず、自分の妻をあげつらい、次に財産家のケリーを皮肉っている！

「スーの伝言があるっておっしゃってたわね」ケリーは冷ややかな口調で言った。

「ごあいさつだなあ」ジェレミーは不満そうだ。やんちゃ坊主のような態度がスーにはどんな効果を発揮するのか知らないが、ケリーにはいらだたしくてたまらない。「何カ月ぶりかで会ったのに、追い払おうとしなくたっていいだろう？」

「仕事があるの」ケリーはわきに置いてある書類を示した。「なんのご用でロンドンへいらしたの？」

ジェレミーはニューフォレストで会計事務所を開いている。ケリーが会社の顧問会計士にしてくれないことが、彼にはおもしろくなかった。

「仕事だよ。きみを訪ねるようにスーに言われたしね。彼女、ぼくたちの新居をきみに見せたがっているんだ。週末に泊まりがけで遊びに来ない？　実はスーは流産の後、落ちこんでるんだよ」

新居を見せたがっているのは、スーよりもジェレミーではないのだろうか？　ケリーは彼の言葉をまともに受け取る気にはなれなかったが、最後の一言で、スーがようやく授かった赤ん坊を流産したばかりだということを思いだした。電話で話をしただけで、直接慰めの言葉もかけていないことに、ケリーは良心の呵責《かしゃく》を覚えた。

「どう？」ジェレミーはケリーの顔を見つめた。「いい考えだと思わない？　それとももっと楽しい計画が入ってるのかな？　きみには特別な魅力があるからね。強い女性というイメージだな。スーなんか足もとにも及ばない。彼女はおもしろみのない主婦になってしまってね。流産を体験しても、少しも成長しないんだ」

なんて無神経で思いやりのない人なの！　ケリーは頭に来て、スーは彼の何倍もすばらしい人間だ、と言いたくなった。ジェレミーの招待など断りたいが、スーとの友情を第一に考えなくてはならない。スーは今こそケリーを必要としているだろう。それに、断った場合、ジェレミーがどんな行動に出るかは考えるまでもない。これまでスーを彼女の友人たちから遠ざけたときのように、ケリーのことをあしざまに言い、いくら釈明しようとしても聞き入れてはくれないだろう。取り返しのつかないことになる。だいたい、精神的にまいっているスーに対して、事実を突きつけることなどできはしない。

「行くわ」ケリーはぽつりと言った。「でも、今夜はこれで引き取ってね、ジェレミー。明日までにこの仕事を片づけなくちゃ……」

ケリーはジェレミーが従ってくれるものと思い、話しながら腰を上げた。ところが、彼は立ちあがる代わりに、いやらしいまなざしをケリーの体に浴びせ、ヒップを撫《な》でた。ケリーは怒りに顔をまっ赤にして、ジェレミーを突きとばした。

「わかったよ、ケリー。今夜は退散する」警告するような口ぶりでジェレミーは言い添える。「いくらきみでも、修道女みたいな一生を送るわけにはいかないんだぜ。じゃ、週末に」彼はにやりと笑って、ケリーが開けたドアから出ていった。

ジェレミーがいなくなっても気持はおさまらず、ケリーは嫌悪と苦痛に表情を引きつらせ、どさっとソファに座りこんだ。男の人って、なんて傲慢《ごうまん》なの！　ジェレミーに体を触れられたこともだが、その前に当然そうする権利があるのだ、という彼の態度に腹が立った。

男なんてみんなそうなんだから！　見下げはてた人たち！　ジェレミーはケリーのことを〝堅物〟と呼んだ。おそらく彼の言うとおりなのだろう。コリンにもそう言われたことがあった……。コリン！　全身に震えが走るのを抑えられず、ケリーは思わず目を閉じる。ああ、どうして忘れ去ることができないのだろう……。

ケリーがコリンと知り合ったのは、彼女の祖父の死後まもないころだった。コリンは見習い会計士として、イアンと同じ事務所で働いていた。二人が初めて顔を合わせたのは、イアンから祖父の遺産の話を聞かされたときだ。ケリーは思いもかけない話に頭がぼうっとして、事務所に傘を忘れてしまった。その傘を持って、ケリーを追いかけてきたのがコリンだった。

この別段どうということもない出会いが、のちに彼女の一生に大きな傷を残すような出来事につながる。

数日後、コリンから会社に電話があり、ケリーはデートに誘われた。ケリーは一目見たときから彼に惹《ひ》かれていたので、喜んで応じた。

食事をした後、映画を見、コリンは買ったばかりの中古車で、ケリーを家まで送り届けた。別れ際の優しいキスに、ケリーの心はときめいた。

二人が婚約したのはその六週間後である。コリンの勧めで、ケリーは祖父母と住んでいた家を売り払った。彼は何もかも新しくして、新たなスタートを切りたい、と言うのだ。が、代わりに購入したいというハムステッドの家に案内されたとき、ケリーはその広さに驚いた。新婚夫婦にはぜいたくすぎる、と反対すると、コリンはケリーが財産家であることを指摘し、将来の投資になり、彼が事務所を開いたとき顧客を呼んでもてなすことができる、と逆にケリーを説き伏せた。

その後の数週間は目が回るほど忙しかった。広い屋敷には改築工事が必要だ。コリンは研修を受けに行っていたので、なかなかデートもできず、顔を合わせても、工事の進行状況を話し別れ際にキスを交わすだけにとどまった。

ケリーにはイングランド北部の国境地方に住む伯母がいた。亡くなった父の姉で、父とはだいぶ年が離れている。ケリーはコリンと相談して、結婚式直前の数日間を伯母の家でのんびり過ごすことに決めた。

「改築工事のことで忙しい思いをしたから、ゆっくり休んでくるといい。ぼくもバーミンガムのもう一つのオフィスへ行く用事があるし……」コリンは笑顔で続けた。「あ、そうそう、二枚ばかりサインしてほしい書類があるんだ。たいしたものではないけどね」

身も心もコリンの妻になるのはどんな感じだろう、と想像しながら、ケリーはキスのあいまにサインをした。ケリーは厳格な祖母に育てられたが、その彼女でさえ意外に思うくらい、コリンは深い関係を要求しない。わたしがかえって気になっているのを彼は気づかないのかしら？

四日後、ケリーはロンドンにもどった。伯母と過ごした時間は楽しく、二人は祖父母や両親の思い出話を語り合った。軍人だったケリーの父は北アイルランドへ行ったとき、車に爆弾をしかけられ、同乗していた母もろとも命を失った。一度に両親を亡くしたケリーは祖父母に引き取られたのである。当時四歳だったので、両親の記憶はほとんどない。

ケリーは教会で式を挙げたかったが、彼女の意見は取りあげられず、登記所で婚姻手続きをすませただけだった。

ハネムーンにも行っていない。会計士の最終試験が終わったら、どこかへ連れていってくれる、とコリンは約束したのだけれど……。

ロンドンの大きなホテルで簡単な披露宴を行った後、二人はハムステッドの自宅へもどった。外は暗くなりはじめ、スタンドの温かな光が居間を潤す。

ケリーは落ちつきを失って、そわそわしていた。コリンは先に二階へ上がってしまっている。わたしも二階へ行くべきだろうか、それとも彼が下りてくるまでに着替えをすませておいたほうがいいのか……。ああ、もう少し経験が豊かだったら……。ケリーはコリンの態度が新婚の夫らしくないのではないか、という疑念を押しやった。二人のつき合いは一生続くのだから、焦ることはない。

「バスルーム、あいたよ」

ケリーは声のしたほうを向き、うっすら頬を染めた。コリンはジーンズにセーター姿になっている。体が熱くなり、ケリーはぽつりとつぶやいた。「コリン……」

ケリーはコリンに体を抱きよせてもらい、不信や疑惑を甘いキスでぬぐい去ってほしかったのだが、彼はテーブルの上のトレーに注意を向け、何を飲むか尋ねただけだった。

ケリーは気持が沈んでいるのは神経質になっているせいだ、と自分に言いきかせながら、階段を上った。コリンに情熱的な抱擁や熱いキスを期待するほうがどうかしている。今どきそういうのは、はやらないのだ。

バスルームを出てきたとき、ケリーの耳に階下《した》の話し声が聞こえてきた。立ち聞きする気はなかったが、新婚初夜のこんな時刻にいったいだれが訪ねてきたのだろうか、と疑問がわいた。

応接間のドアが開く音に続いて、コリンの険しい声が届く。「パット、ここへは来るな、と言っただろう！」

「わたしを愛してる、とも言ったわよ」と言い返したのは女性の声だった。「わたしを愛してる、この家屋敷はわたしたちのものになる、そう言ったのよ。そのうちあなたは自分の事務所を開いて……」

ケリーは耳を疑い、顔を引きつらせて、階段の端に歩みよった。突然、押しかけてきた女性もコリンも、ケリーが同じ家の中にいることなど頭にないらしい。

「そのとおりだよ。何もかもぼくたちの思いどおりに運ぶさ」

「でも、あなたは彼女と結婚する必要はなかったじゃないの！」パットと呼ばれた女性は激しくコリンをなじっている。「どういうことなの？」

「単純明快」コリンは皮肉な笑いを帯びた声で言葉を返した。「金のことを考えて、目をつぶったんだよ。おいおい、パット、ぼくが本気であんな女にほれてると思っているのかい？　冗談じゃない。あんなおもしろみのない堅物、見たことないよ。女性としての魅力はきみの足もとにも及ばない。きみとの将来のためを思って、我慢しているんだよ」

「でも、彼女はあなたの奥さんだわ！」

「長くても半年だな。この屋敷をぼくの名義に書きかえる書類にはサインさせたしね。事務所の開設資金を出させた後、離婚話を切りだすつもりだよ」

ケリーはショックで、どうにかなりそうだった。嘘《うそ》だ！　そんなはずはない！　否定してはみても、事実は動かせなかった。手すりから身を乗りだすと、コリンが見知らぬ女性と抱き合い、ケリーには見せたことのないような熱っぽいキスを浴びせている。吐き気がこみあげてきて、ケリーは再びバスルームに飛びこんだ。

今夜、コリンはわたしの体を求めるつもりだろうか？　吐き気がおさまってからも、ケリーは不快でしかたがなかった。パットという女性はコリンをわたしと共有することをどう思っているのだろう。真相を知った以上、この体に指一本触れさせるわけにはいかないわ！

「ケリー？　こんなところで何してるんだい？」

ケリーはコリンの顔をまじまじと見返した。

彼は何事もなかったような表情をしている。変わったのはケリーだけ。もうだまされたままのうぶな娘ではない。激しい憤りが体の内部から突きあげてきた。

「なんのご用？」ケリーは突っぱねるような言いかたをした。「まだ書類にサインが必要なの？」

コリンの顔から血の気がうせていくのが、ありありとうかがえた。

「ダーリン……いったい何を……」

「全部聞きました」自分でも驚くくらい冷静な声だ。「何もかもね。こうなった今、わたしがあなたに体を許すと思わないで……」

「冗談じゃない！　お高くとまった女なんか、だれが！」コリンは音高くドアを閉め、ケリーのほうへ近づいてきた。「本気できみを抱きたがっていると思うのかい？　とんでもない。そんな気にはならないね。お堅いばかりで女性としての魅力なんかないじゃないか。パットとは比べようもない」

「でも、あなたが欲しいものを一つ、わたしは持っているわ」ケリーは内心どれだけ傷ついているか、彼に悟られたくなかった。「お金よ。コリン、一ペニーたりともあなたには渡さないわ。明日すぐに離婚手続きを取るもの」

「離婚？」彼は瞳にぎらぎらした光を宿し、ベッドに近づいた。「だめだ。きみと夫婦でいたいわけではないが、金は欲しい。今さらきれいごとを言ってもしかたないから、本当のことを言うけどね。そうか……きみは離婚する気なのか……」コリンは喉の奥で笑って、ケリーを見下ろしながら、ゆっくりセーターとジーンズを脱ぎはじめた。

ケリーは逃げようとしたが、恐怖のあまり、体が言うことをきかない。シャワーの後、身につけたシルクのローブが、襟もとから下に向かってはぎ取られた。痛みと恐ろしさに、悲鳴も喉に張りついている。さっきコリンの残酷な言葉に心を傷つけられたように、今度は肌に傷を負った。

「不感症！」ケリーの体が硬くこわばっているのを見て、コリンはベッドから離れ、恐ろしい形相で彼女を見すえた。「おまえは女じゃない、氷の塊だ」彼は再びジーンズをはいた。「おまえを愛せる男なんかいない。その前に、みんな凍らされてしまうからな！」

コリンは口もきけずにいるケリーを残して、部屋から出ていった。ケリーの心臓は狂ったように高鳴り、心身ともに負った傷がうずく。

不感症、不感症、不感症……その一言が頭の中でこだまする。動くことも、泣くことも、どういう意味なのか理解することもできない。玄関のドアの閉まる音がした。パットのところへ行ったのだろうか？　彼女は氷の塊ではないから、コリンを凍りつかせることもない。もどってきてからどうするつもりだろう。また、わたしを脅すだろうか？　そんなことをされたら、耐えられない。〝レイプ〟なんて口にするのもおぞましいけれど、もし、コリンが無理やり肉体関係を迫るようなら、それ以外の何物でもない。

暗闇《くらやみ》の中で横になっていると、玄関のブザーが鳴った。ほうっておこうと思ったが、いっこうに鳴りやまない。コリンに決まっている。ケリーはしかたなくガウンをはおり、階下へ下りた。

ドアを開けると、空がうっすら白みかけているのがわかった。コリンが出ていってから、何分もたっていないような気がするが、何時間もうつらうつらしていたらしい。

「ミセス・ラングドンですね？」玄関の外には警察官が立っていた。「ちょっとお邪魔してよろしいですか？」

中に入ると、彼は紅茶をいれてもらえないか、と丁寧な口調で頼んだ。ケリーの思考力は停止していて、彼の言葉にうまく応答できない。警官はおびえた動物か子供をなだめるような優しい口ぶりで話している。やがて、おもむろに切りだした。

「こちらに来て、座ってください」彼の声音からは同情と戸惑いが感じられる。「ご主人は何も感じなかったはずです。即死でしたから……」彼はコリンが酔っぱらって、猛スピードで道の反対車線に車を走らせ、事故を起こしたことを説明した。

コリンが死んだ！　ケリーはその恐ろしい現実に対して、なんの感情もわかないのが不思議だった。なぜ、なんにも感じないの？　体じゅうが麻痺《まひ》したみたいだ。ケリーはぼんやりした目を若い警官に向けた。彼はケリーのことをひどく気づかっている。急いで紅茶を飲みほすと、ほかに家族はいないのか、と尋ねた。

ケリーは首を振り、はっきりした声で答えた。

「わたしはだいじょうぶですから、ご心配にはおよびませんわ」

署にもどってから、警官は上司に報告した。「おかしな奥さんでしたよ。平然としているんです」

「人それぞれだからな」巡査部長は答えた。「こういう知らせを聞いたとき、反応のしかたはさまざまだ。気にすることはないよ」

ビクトリア朝様式の館《やかた》の中で、一人残されたケリーは安堵に近い気持を覚えた。コリンへの愛情は彼の裏切りによって消え、乱暴されたことによって受けた傷がまだ痛む。今のケリーは何よりも眠りたかった。が、その前に肝に銘じておかなくてはいけないことがある――こういう危うい問題は二度と起こさないことを。自分は財産家であり、それがなければ男性が目もくれない女性であることを自覚し、つねに警戒していなくては……。

「つねに……」ケリーは自分が声に出してつぶやいたことにびっくりした。顔をしかめ、首をすくめる。もう十八歳のときのうぶな小娘ではない。八年という歳月とともに賢くもなった。ケリーは左の薬指で光っている結婚指輪に目を落とした。

過去を忘れまい、といういましめのため、今でもコリンとの結婚指輪をはめ、コリンの姓を用いている。夫を亡くしてから、ケリーは自分が男性の注目を浴びていることに気づいていた。

簡単になびかない彼女を〝男嫌い〟と呼ぶ者もいるが、ケリーにはそれなりの根拠がある。そして、ケリーがまちがっていないことを、今夜またジェレミーが立証してくれたではないか。

2

仕事のことを考えなくてはいけないのに、ケリーは週末のことに頭を煩わしていた。ジェレミーの話の運びかたには強引さが感じられる。ケリーの寝室に忍びこもうという下心でもあるのか……。もし、招待を断ったら、スーはどう思うだろう。長年の念願だった赤ん坊を、生まれる前に死なせてしまって……。

ケリーは一日じゅうその問題に頭を悩まし、憔《しょう》悴《すい》しきった顔でオフィスを出た。

地下鉄のエスカレーターを半分まで下りたとき、広告が目に入った。〈話し相手《コンパニオン》はいりませんか？　エスコートは？　わたくしどもにお電話ください。男女を問わず、ふさわしい人材を派遣いたします〉

本当？　それとも、こんな広告を信じるなんて愚かかしら？　足を速めながら、ケリーはどうしようかと考えた。本気でエスコートを雇うつもり？　ジエレミーを近づかせないためのいい手段かもしれないわ。知り合いに迷惑をかけることもなく、ビジネスとして割りきれる。ケリーにも男性の知人は何人もいるが、週末の旅行に同行してほしいなどと言いだしたら、誤解を招く。

やめようと思ったり、また考え直したり、ケリーはエスコート役を雇う件で、一晩じゅう迷っていた。ばかげているように思えるが、案外一番の解決策かもしれない。とにかく、問い合わせてみるだけなら、損はないだろう。

ケリーは電話帳を引っぱりだし、例の人材派遣会社のページをめくった。住所は非常に近く、ケリーがよく知っている場所にある。ケリーは唇を噛《か》んで、どうしようか迷った。危険を覚悟で、一人でスーの家へ行くか。人材派遣会社に足を運んでみるか……。契約する、しないは、それから考えればいいことだ。うまくいけば、同行してくれる男性が見つかるかもしれない。

簡単だわ！　〝案ずるより生むがやすし〟よ！　代金を支払って、人を雇うだけのことじゃない。わたしと業者しか知らない秘密の契約。しかも、動機だって、けっしてやましいものではない。スーの苦痛を和らげ、厄介な事態を避けられるなら、多少気まずい思いをすることぐらい、なんでもないではないか。会社を訪ねて説明を聞くだけなら、なんの損にもなりはしない。

ケリーはミラー張りのビルから歩道に出て、通りを渡り、少し歩いたところにあるビルの大理石のロビーに足を踏み入れた。受付はなかったが、エレベーターの近くの案内板によれば、例の会社は三階に入っている。

ケリーはふだん初対面の人と会うとき以上に緊張し、つい最近買ったイエーガーのスーツの、スカートのしわを伸ばした。この手のスーツはあまり着ないのだが、アシスタントのメイジーに、今日の午前中のミーティングにはぜひこれを着て出席したほうがいい、と勧められて着てきたのだ。生地はアメジスト色のベルベット、ウエストに柔らかなギャザーが入っている。襟なし、細身のパフスリーブのジャケットは金色の糸でキルティングされ、中世風の感じが漂っていた。

その下に大きな襟のついたブラウスを着こみ、首のところでアメジスト色のリボンを結んである。

女っぽい服装だと、気持も弱くなる。ヘアスタイルだけはいつもどおり、シニヨンに結っていても、かちっとした雰囲気は薄らいでいた。ケリーは神経質そうに、パールのイヤリングに手を触れながら、三階でエレベーターを降りた。

目の前に例の会社の入口がある。ドアが開いていて、こちらに背を向けた男の人が、デスクに身をかがめていた。

ノックをして入っていくと、男は上体を起こし、じろりとケリーに目をやった。アメジスト色のストッキングをはいた脚、太いスエードのベルトをした細いウエスト、豊かな胸もと……男の視線が移るにつれて、怒りがこみあげてくる。やがて男は紅潮したケリーの顔に目をとめた。

「失礼」のんびりした口調は、下手なテレビコマーシャルのように、少しも誠意が感じられない。

「謝る必要なんかないわ」ケリーは憤然として、言い放った。「侮辱されるのは一度でたくさんよ！」

「えっ？　ぼくが侮辱したって？」ハスキーな声の調子はさっきと変わりない。

「商品を値踏みするような目でわたしを見て、侮辱以外の何物でもないわ。しかも、それをおざなりのわび言で片づけようとするんだから」

「いや、きみを見つめたことを謝ったんじゃないんだ。失礼、と言ったのは、きみをどぎまぎさせてしまったことに対してだよ」

「どぎまぎ、ですって！」ケリーは怒りのにじんだ目で彼を見返した。じろじろ見られたくらいでどぎまぎするなんて、本気で思っているの？「とんでもないわ」冷ややかに言いきる。「ちょっと迷惑しただけよ。男の人って、どうしてそういう目で見るのかしら。まるで……」

「品定めみたいに？」と彼はケリーをからかった。

「ところで、なんの用かな、ミス……」

「ミセス・ラングドンです」ケリーはきっぱりした声で訂正した。左手の薬指にはめられた指輪に、男の視線を感じる。「今日来たのは、お仕事をお願いしようと思ったからよ」ケリーはここへ来てよかったのかどうか、疑問に思いはじめた。

「仕事？」彼はドアをちらりと見やり、眉根を寄せた。

「ええ、そうよ」彼の対応ぶりに、ケリーの我慢も限界に近づいている。この数年間、ケリーの周りにいた男たちとはまるで違うタイプの人間だ。これまでの男たちは、ケリーの評判や財力を十分認識していて、多少色目を使うことはあっても、けっして彼女をないがしろにしたり、侮辱することはなかった。ところが、この男はグレーの目でケリーの全身を眺めまわし、値踏みしている。黒い髪はジャケットの襟にかかっていた。長すぎるわ、とケリーは思ったが、こういう男性に惹《ひ》かれる女性もいるだろう。ケリー自身はここまでルックスが整っていると、かえって魅力を感じない。

テレビ俳優だろうか。それとも、めちゃくちゃな運転をしたり、アクロバットみたいなスキーをしたりするアクションスターだろうか。ケリーのまなざしに、好奇心がのぞいた。

「ううん……きみはすてきな人だと思うけど、そういう態度はあまりいただけないな。もし、ここで働きたいのなら……」

「わたしがここで働く？」頬が上気し、思わず声が大きくなる。「いやだわ、仕事をもらいに来たんじゃないわ。エスコートを派遣してもらおうと思って来たのよ！」

「エスコート？」ようやく相手も話がのみこめたようだ。「ああ、そう。で、どんなエスコートをお望みで？」男はデスクの向こう側の革張りの椅子に腰を下ろし、引き出しを開けた。「ここは名前の通った一流の会社ですから……」

ケリーは男が暗にほのめかしていることを感じ取って、荒々しく息を吸いこんだ。

彼は立ちあがって、ケリーにさめた目を向ける。

「結婚なさってる、とおっしゃいましたね」

「未亡人です。あの……責任者のかたにお目にかかりたいんですけど」ケリーはくいしばった歯のあいだから押しだすように言った。

「どうしても責任者に、とおっしゃるのなら」愛想のよい声になる。「来週まで待っていただかなくてはなりませんね。休暇中なんです」

来週！　それじゃ、遅すぎるわ！

「ご希望をおっしゃってください。お一人では不都合な公の場に招かれたんですか？」

「そういうわけでもないけれど……」ケリーはためらいがちに答えた。この腹立たしい男に率直に打ち明けるのは気が進まない。

「どういう人物をお望みなのか、おっしゃっていただければ……」彼はデスクから申込書のような用紙を取ってきて、それに目を落とした。

豊かで光沢のある黒い髪が目にまぶしい。ああ、なぜこんなところに来てしまったのだろう。しっぽを巻いて逃げだしたいが、そうもいかない。彼の落ちつき払った顔の下に、笑いが押し隠されているような気がする。笑いたければ勝手に笑うがいいわ！　ケリーは男にどう思われようと気にしないことに決め、用意しておいた話を手短に語った。

「わかりました。週末にお友達の家に遊びに行くための連れが必要なんですね。ご夫婦とあなたの三人では具合が悪い……」

ケリーはそれ以上詳しく説明するつもりはなかった。

「だれか、いっしょに行ってくれる男の友達はいないんですか？」

「スーはすぐわたしに再婚させようとするの」ケリーはあわててつけ加えたが、まんざら作り話でもない。「ぜんぜん関係のない他人のほうが面倒なことにならなくていいと思って」

「そうですか」男は同意しかねるといった表情を浮かべた。「で、このエスコート役には、万が一にもボディガード以上の仕事は含まれていないわけですね？」

「ちょっと、どういう意味？」ケリーはきっと男を見た。「引き受けたくないのなら、はっきりそう言って」敵意だろうか、この男から感じる強烈な感情はケリーの平静さを失わせる。

「そうではありません。本音を聞かせていただきたかっただけで……。うちはちゃんとした会社ですから、立ち入ったことまで質問するんですよ」

ケリーは彼の言葉の意味をくみ取って、まっ赤になった。「週末に同行してくれる男性を雇いたいの。それ以外のなんでもないわ！」

「でしたら、ミセス・ラングドン」彼は事務的な口調で続けた。「連絡先を教えてください。ご希望にそえると思います」

ケリーは気を静めて、名前と住所を告げた。住所を口にしたとき、彼の表情にちらりとためらいの色がよぎった。提示する金額をつりあげようと考えているのだろうか。

「車も必要ですか？」

「いいえ、わたしのがありますから。どう？ 適当な人はいます？」

ケリーは自分のしていることがいやでたまらなかったが、今さら引きさがるわけにもいかない。戸惑いや憤りに目をつぶって、決然とした態度でのぞもうとした。

彼はしばらくケリーの顔を見つめてから、おもむろに口を開いた。「この件はあなたにとってたいせつですか？」

ぜんぜん、と口の端まで出かかった言葉をのみこんで、かすれた声でこう答えた。「ええ、とても」

「わかりました」グレーの瞳がケリーをとらえる。

「では、何時にお宅へうかがわせましょうか？」

ケリーは簡単に打ち合わせをして、オフィスを出た。ビルの外の歩道に立ち、ふうっと深く息を吐く。いったいどうしたというの？　会議でお偉がたを前にしても、少しも臆《おく》することのないわたしが、たった一人の男にこれほど心を乱されるなんて……。

その日は一日じゅう、仕事に集中できなかった。週末、ロンドンを離れることをメイジーに話すと、何日か余分に休みを取るように勧められた。

「休息が必要ですわ。これから新しい服でも買いに行かれたらいかが？」

「いらないわよ」とは言ったが、ケリーはいつもより早めにオフィスを出て、ひさしぶりにナイツブリッジ界隈《かいわい》をぶらぶらした。

ケリーの目は、カルバン・クラインのデザインしたあざやかなピンクのワンピースに吸いよせられた。ベルベットのスーツを脱いで、そのワンピースを試着してみる。ネックラインが深く、細いウエストを強調し、体の線を浮きあがらせている。ケリーがふだん選ぶ服とはまったくちがうけれど、どういうわけか、それを包んでもらっていた。頭がどうかしてるんじゃないの？　のんびり田舎で休暇を過ごすのにふさわしい服ではないのに、と自分自身であきれながら。

浪費のショックから立ち直ったころ、スーから電話がかかってきた。

「来てくれるわよね、ケリー。楽しみだわ、あなたに会えるのが。このところ、つらかったの……」

ケリーはスーを力づけようと、必ず行くとあらためて約束した。

「ジェレミーも喜ぶわ。彼、最近、わたしと顔を突き合わせているのがつまらないらしいの」スーは沈んだ声で続けた。「流産の後、わたしは落ちこんでいたでしょ。ジェレミーは女遊びでうさ晴らしをしてたわ。ケリー、わたし、やりきれなくて……。子供一人、満足に産めないなんて……。すばらしい仕事をしているあなたがうらやましいわ」

「スー、そんなふうに考えちゃだめよ」

「わかってる。悲観的になっちゃいけないのよね。でも、つくづく孤独だなあって感じるわ。ところで、こちらに着くのは何時ごろになるかしら？」

「わたし一人の都合では、なんとも……」ケリーはためらいがちに切りだした。「連れがいるの。いい？」

一瞬、受話器の向こうに沈黙が漂い、その後スーはたたみかけるように返答を迫った。「男の人ね？　どういう人なの？　教えて」

ケリーは笑ってごまかした。「会ってからのお楽しみよ」ケリー自身、会ったことのない人物について、どうして説明できようか。

この話はスーの精神状態に、いい影響を及ぼした。昔にもどったようにはしゃいでいる。プライドを傷つけられるという代償を支払わなければならなかったけれど、ケリーの選択はまちがってはいなかったのだ。例の会社がまあまあの人物を派遣してくれれば、の話だが……。写真を見せてもらうなり、プロフィールを教えてもらうなり、ある程度情報を仕入れておけばよかった。それだけが悔やまれる。

土曜日の朝になった。エスコート役の男性は午前九時にケリーのアパートメントへ来る約束になっている。ケリーは八時半ごろには身支度を整え、荷物の準備も終えて、落ちつかない気分で待った。こんな気持を味わうのは本当にひさしぶり、コリンとのことがあってから初めてだ。

もう一度、鏡の前で全身を点検する。髪を後ろでリバティーで見つけた金色のスヌードに巻きこみ、ベルベットのスーツに合わせて、クラシックな雰囲気を強調している。少しは堅苦しさもとれて見えるだろうか。玄関のブザーが鳴ったとき、ケリーは表情を引きしめた。

　スーツケースとハンドバッグを取りあげ、キーを手にしているのを確認して、玄関へ向かう。ドアを開けたとたん、ケリーは茫然《ぼうぜん》と立ちつくした。

「まあ」壁にもたれかかっている男を目にして、口から出たのはそれだけだった。「あなた！」

　男はケリーの力の抜けた手からスーツケースを受け取り、彼女が落としたキーホルダーを拾って、ドアに鍵《かぎ》をかけた。

「何しに来たの？」彼にイニシアチブを取られたことが、ケリーは不愉快だった。

「エスコートが必要なんだろう？　だから、ぼくが来たんだよ」彼は肩をすくめ、ケリーの怒った顔など気にもとめずに、腕時計に目をやった。「行こうか？　早めに出たほうが道がすいている。これ、車のキーだね？」ドアの鍵をケリーに返し、車のキーだけをポケットに入れて、エレベーターのほうへ歩きだす。

　こんなことではいけない、とケリーは心の中で反発した。ケリーは男性に主導権を握られるのには慣れていなかった。とくに、こういう肉体的魅力を武器に生きている男性には。ケリーは自分の愚かさを悔やみながら、エレベーターに向かった。人材派遣会社が別の人間をよこしてくれていたなら……。ケリーは初めて会ったときから、この男が気にくわなかった。落ちつき払った応対のしかたにも自分のペースで話を進める強引さにも、むしょうに腹が立つのだ。

　エレベーターが開くと、彼は平気で先に乗りこんだ。ケリーは彼を押しのけたい衝動に駆られたが、力では勝てるはずもない。たいへんな週末になりそうで、気が重くなる。

「どうしてほかの人をよこさなかったの？」地下の

ガレージの入口付近で、ケリーは尋ねた。「それとも、金額に心を惹かれました？」

　表情の変化を見たわけではないが、肘に添えられた手に力が加わったことで、彼の心の動きがわかった。

「なんだかきみは」ケリーが去年買ったシルバーグレーのメルセデスのコンバーチブルのほうへ歩を進めながら、彼はおかしそうに言う。「話題が男のことになると、肩に力が入るねえ。どうしてなのかな？」

「変に勘ぐるのはよして」ケリーは声を荒らげた。「そんなことされるためにお金を払ってるんじゃないわ」

「ぼくはきみに雇われているということを、いつも頭に置いておかなくちゃいけないらしいね。ケリー、自分が優位な立場にいると思うと、古傷の痛みも消えるのかい？」

　その一言はこたえた。痛いところを突いている。けれどもケリーは、それが図星であることも、彼に危険なものを感じていることも認めようとはしなかった。どうしてこの人が危険なの？　身を守るために雇ったボディガードじゃない。が、ケリーは気安く名前を呼ばれたこともショックだった。ぎょっとしただけでなく、自分の名が彼の口から出たとき、わけのわからない胸のうずきを覚えたのだ。

「会社がぼくを適任者と考えただけさ」彼は車の前で立ちどまり、冷ややかな口調で言った。「キャンセルしたくなったなら、それでもかまわないよ」

　なんて人なの！　それができないのは重々承知しているくせに！

「オーケー」彼はケリーの沈黙を肯定のしるしと受け取った。「それじゃ、自己紹介しておいたほうがいいね。ぼくは……」とちょっと口ごもる。「ジェイク・フィールディング」

「ジェイクね」

握手をするのに、ケリーの手がかすかに震えた。ジェイクも気づいたにちがいないが、助手席のドアを開けてそばに立ち、ケリーにもの問いたげな視線を投げかける。

ケリーは彼を見上げた。「あなたに運転を任せると思ってるの？」

「いけないかい？　ぼくだってちゃんと免許証を持ってるんだから、心配いらないよ。きみは疲れているみたいだし……」さらに容赦ない口調で続ける。「友達に会う前に、リラックスして神経を休めておいたほうがいいよ。気が重いんだろう？」

「どうしてわかるの？」

ジェイクはケリーの激しい口調にちょっと面くらったようだが、軽く首をすくめた。「明白だよ。それに、多少なりとも危険を感じたから、ぼくを雇ったわけだろう？」


反論の余地はない。ジェイクがスーツケースをトランクに入れ、運転席につくまで、ケリーは黙って助手席に座っていた。

ジェイクには不満な点も多いが、身なりのよさだけは認めないわけにはいかない。彼はバーバリーのコートを脱ぎ、なにげなく後部座席にほうった。

コートの下に着ていたのは、上等なウール地のベージュのズボンに、同系色のチェックのシャツ、それにカシミヤのセーター――まるで休暇中のエリート社員のファッションだ。

いよいよ車が動きだしたとき、ケリーは胸に妙な痛みを覚えた。親友の家に遊びに行くのに、ボディガードを雇わなければならないなんて……。わたしの人生はどこでこうも狂ってしまったのだろうか。

狂ってなんかいないわ、これでいいの。ケリーは疑惑を押しやった。欲しいものはなんでも持っている。〝愛〟なんて、現実には存在しない幻よ。それはだれよりもよく知っているではないか。

オートマチックのシートベルト装置から、ベルトが出てくる。無意識に手を伸ばしたとき、手を貸そうとしていたジェイクの指に触れ、ケリーはどきっとした。

彼の手に視線を落とすと、超薄型のゴールドの腕時計が目に入った。得意客からのプレゼントかしら？　ケリーはそんなふうに考えている自分にも、それに伴って感じられる苦々しさにもいや気がさした。

「ちゃんとつけたね？」

ケリーはうなずいた。ジェイクはジェレミーから身を守るための手段にすぎないわ。それだけのことよ！

ジェイクが言ったとおり、二人は渋滞にも遭わずに郊外へ出ることができた。そのころには、ケリーの心にも、春の息吹の感じられる田園風景を楽しむゆとりが生まれた。これまでにも車でスーの家を訪ねたことはあるが、この道ではなかった。どうせニューフォレストへ行くなら、できるだけ変化に富んだドライブのほうが楽しいだろう、とジェイクは言って、小さな村や平原の間を抜ける複雑なルートを選んだのだ。

「いい車だね。いつから乗ってるの？」ジェイクの声には、少しもうらやましそうな響きはなかった。

ケリーはいらいらする気持を抑えて、冷ややかに答えた。「半年前、誕生日の記念に買ったのよ」と口にしてから、それが自慢げに聞こえるのに気づき、ケリーは後悔した。

「きみが自分で買ったわけ？」

彼の瞳に哀れみの色が浮かんだが、ケリーは気にとめないことにした。どう思われようとかまわない。スーの家からもどった後は二度と会うことのない人なのだから。目を閉じ、眠っているふりをする。

「もうすぐニューフォレストに着くよ」

しばらくたって、静かな声に起こされた。どうやら本当にうとうとしていたらしい。ケリーは窓の外に顔を向け、一面に広がる森林に目をみはった。

「どこかで食事をして行く？」

「スーが待ってるから」ケリーはつっけんどんに言った。ジェイクに主導権を取られるのがおもしろくない。

ジェイクがどちらでもいい、と言いたげに首をすくめるのを見て、適当にあしらわれた子供みたいな気分になった。

「きみの友達夫婦のことを少し教えておいてくれないかな？」緑の森林地帯がまぢかに迫ったころ、ジェイクが口を開いた。「結婚して何年ぐらいになるの？　家族はほかにいないの？　そのくらいは知っていないとまずいだろう？」ケリーの顔色を見ながら、説明を加える。「ぼくがきみの友達だということになっているなら、向こうもそれぐらい知ってると思うはずだよ」

ケリーはしかたなく彼の意見が正しいことを認め、スーとの関係や、彼女が流産したばかりで落ちこんでいることなどを打ち明けた。

「ふうん。だけど、それだけじゃ、きみがエスコートを必要としている理由はわからないな。もてるところを見せつけて、彼女を滅入《めい》らせようってわけではあるまい？」ジェイクは車のスピードを落とし、ケリーに冷たいグレーの目を向けた。「何か隠している感じだな」

「あなたが知っておくべきことは全部お話ししした わ」鋭いまなざしを浴びて、ケリーの動悸《どうき》が速くなる。ケリーは屈辱的な事実を認めたくなかった。彼女がいくら自立を誇っていても、少しも関心を持っていないことを鈍感なジェレミーにわからせるには、ほかに手段がなかったということを。

スーとジェレミーはリングウッドからさほど遠くない、れんが造りの小ぎれいな家に住んでいた。まもなく車がその家の前にとまり、ケリーが降り立つと、玄関のドアが開いた。太り気味のブロンドの女性が飛びだしてきて、ケリーに抱きつく。

「ケリー、本当にすてきだわ！」スーはきらきらした目でケリーを眺めまわした。身長が百五十五センチそこそこのスーは、始終、背の低さと体重のことを嘆いている。「で、このかたが……」スーは賞賛のこもった目でジェイクを見た。

「ジェイクよ」ケリーは急いで紹介した。「連れてきてかまわなかったの？」頬をピンクに染め、消え入りそうな声で尋ねる。

「ケリー、あたりまえよ。だけど、どうして今まで教えてくれなかったの？　大事な人なのね」スーはジェイクに向かって言った。「そうじゃなかったら、ケリーが連れてくるはずはないわ。わたしにはケリーの性格がよくわかっているもの。これまで男の人といっしょに週末出かけたことなんか、一度も……。あ、ジェレミーが来たわ」玄関のドアがまた開き、中からジェレミーが現れた。「ダーリン、こっちへ来て、ケリーとジェイクにごあいさつして」

ジェレミーの瞳の奥の表情を見て、ケリーはなんとも言えない不安な思いに駆られた。

「ケリー」険しい顔つきで、ジェレミーは彼女の体に手をかける。「ボーイフレンドの目の前じゃ、ちゃんとキスするわけにはいかないな」

ジェレミーは儀礼的に額に唇を押し当てるにとどめたが、ケリーはジェイクが興味ありげに見つめているのがわかった。鋭すぎるわ！　ケリーはジェイクの視線に、心穏やかでなくなる。彼は仕事にあぶれている俳優で、演技の勉強の参考にしようとしているのだろうか。それにしても、ジェレミーが体を引き、ジェイクと握手をしたときも、ひとかたならぬ関心を示しているように思われた。

「さあ、中に入って」スーが声をかける。「食事の用意ができてるの。簡単なものだけれど。でも、その前に、二階のあなたたちのお部屋へ案内するわね」

あなたたちの部屋！　ぎょっとしているケリーの背後で、ジェレミーが笑った。「スーもようやく、二十一世紀の大人の男女のありかたがわかったらしくてね。今どき、別々の部屋でやすむなんてやぼなことは……」

わざとそうしたのね。ケリーはジェレミーの目を見て、そう悟った。罠《わな》にかかった動物みたいな気がする。ジェレミーはケリーがどう出るだろうか、と様子をうかがっている。と、驚いたことに、ジェイクがケリーの腰に腕を回し、彼女の体を引きよせた。背中に彼の鼓動がじかに伝わり、体じゅうに温かなぬくもりが広がった。

ジェイクはケリーの耳もとにささやいた。「なんて気のきいた友達を持っているんだ！　おかげで暗がりできみの部屋のドアをさがさなくてすむよ！」

3

昼食のあいだは悪い夢でも見ているような心地がした。ジェレミーがスーを傷つけるようなことを言うか、わざとらしいへりくだった態度で、ジェイクに厳しい質問を向けるかのどちらかだったからだ。

ジェイクはジェレミーの態度など気にもとめず、うまく質問を切りぬけている。ケリーもその点には感心しないではいられなかった。ジェレミーがジェイクの職業を尋ねたとき、ケリーは喉から心臓が飛びだしそうになったが、ジェイクは別に困った様子は見せなかった。

「まあ、あれやこれやとね」ジェイクは微笑をまじえて答えた。

ジェレミーはそれを、働く必要のないほどの財産家である、という意味に受け取ったようだ。

その後、二人の男性はおたがいに冷淡な態度で食事を続けた。ケリーは、食事がすんで後片づけを手伝うという口実でキッチンへ逃げこんだとき、ほっとした。

「すてきなお食事だったわ」ケリーはスーをねぎらった。再会の興奮が去った今、スーの顔色がさえないのと大儀そうなのとが、あらためて気にかかる。

「そう思う？」スーは渋い表情をのぞかせた。「ジェレミーはわたしの努力が足りないって言うのよ。最近、お客様のもてなしばかりで……わたし、疲れちゃった。ジェレミーにもずいぶん言ってるんだけど、ぜんぜんわかってくれないの……」

スーの喉から、押し殺したような嗚咽《おえつ》がもれる。

ケリーはふきんをわきへやって、スーの手を取った。

自分の考えでは、ジェレミーなど取るに足らない男だから、さっさと離婚したほうがスーも幸せになれる、と思うのだが、そうも言えない。

代わりに、ケリーはこう言ってスーを慰めた。

「スー、いろいろつらいことがあったから、神経がまいっているのよ。少し休養が必要だわ」

「パパもそう言うの」スーは声を震わせた。「でも、今ここを離れるわけにはいかないって、ジェレミーが言うのよね。コルフ島の別荘を貸すから、イースターのあいだ行ってきなさい、とパパは勧めてくれるんだけど、ジェレミーはちっとも乗り気じゃないの」彼女の顔がぱっと晴れた。「ケリー、いいこと思いついたわ！」

スーの口から何が飛びだすかを想像して、ケリーの心は沈んだ。が、押しとどめるには遅すぎた。しかも、驚いたことに、皿の山を運んできたジェイクがキッチンに入ってきて、熱っぽくまくしたてるスーに興味ありげなまなざしを投げかけた。

「ああ、ジェイク、もちろんあなたもいっしょに来てくださらなくちゃだめよ」

「えっ、どこへ？」

「コルフ島。父が別荘を持っているの。イースターのあいだ、貸してくれることになってるんだけど、ジェレミーがその気になってくれなくて……。今、ケリーにいっしょに行ってほしいって頼んでいたところなの。でも、四人で行かれれば、最高！」スーは眉をひそめてケリーを見やり、低い声で続けた。「きっとジェレミーも四人のほうが喜ぶわ。彼、最近、わたしに対してよそよそしいの。なんだかまるで……」

「スー、あなたが今考えなくちゃいけないのは、元気になることだけよ」ケリーはスーが夫の浮気の話でも持ちだすのではないかと危惧《きぐ》し、先手を打った。

「ねえ、いっしょに行ってくれるでしょう？　お願い！」スーは目に涙を光らして懇願する。「ジェイクと二人で。わたしだって、恋人どうしの離れがたい気持ぐらい、まだ覚えているのよ。ジェイク、あなたは本当にすばらしい男性にちがいないわ」まばたきをして、急に明るい口調になる。「コリンとの恋があんな悲劇的な結末に終わって、ケリーはもう二度と男の人を愛せないんじゃないか、と心配してたのよ。ところが、こうしてあなたという人が現れて、わたしの思いすごしだったことが証明されたわ。どんなにうれしいか、口では言えないくらいよ。ケリー、ジェイクはあなたのワーキングウーマンの仮面にはだまされなかったのね」

口では冗談を言っていても、スーの目にはまだ光るものがある。ケリーは親友の心の痛みを思いやると、胸が熱くなった。かわいそうなスー……。赤ん坊を失っただけでもつらいだろうに、ジェレミーは少しも彼女の力になってはいない。夫の思いやりと優しさを彼女がどれだけ必要としているか、ジェレミーにはわからないのだろうか？　それとも、わかってはいても、くだらないと思っているのだろうか？

「ケリー？」

「えっ……」

「いっしょにコルフ島へ行かれるかどうか、きかれてるんだよ」ジェイクが返答を促した。

ケリーは怒りのこもった目で彼を見返した。行かれないに決まっているではないか。よくわかっているはずだ。ケリーは唇を噛《か》んだ。雇われエスコートにすぎない男にこんな態度をとられるなんて……。彼の出しゃばったやりかたが気にくわない。なにかしようとするたびに、ジェイクが先に行動を起こすため、ケリーは彼のペースに引きずられる形になる。

「わたし、会社をあけられるかどうかわからないの……」ケリーはもっともらしい言いわけをした。「スー、はっきりしたことは後で知らせるわ」

スーのがっかりした顔を見るのはつらかったけれど、ほかにどうすることができよう。

　昼食の後、みんなで散歩に出かけた。田園風景はすばらしかったが、ジェレミーの妻への思いやりに欠ける態度と、通りすぎるたびにその家の経済状態を話題にすることとが、楽しい気分をそいだ。

「きみとジェレミーはよく似ているね」ジェイクに耳もとでささやかれ、ケリーは身をこわばらせた。「二人ともなんでも金に換算する。ちがうのは、きみには金があって、彼にはない点だな。彼がどうしてきみを伴侶《はんりょ》に選ばなかったのか、不思議だよ」

「状況が許さなかったからでしょ」ケリーはぷりぷりした口調で言った。「スーがジェレミーと知り合ったころ、わたしにはもうフィアンセがいたもの」

「ああ、そうか、そうだったね」二人はスーとジェレミーよりだいぶ後ろを歩いていた。「コリンだったっけ？　悲劇的な結末と言っていたけど……」ジェイクはケリーが顔をしかめるのを見て、落ちついた声でつけ加えた。「きみの過去を詮索《せんさく》する気はないが、話のつじつまが合わないといけないと思ってね」

「お仕事熱心ですこと！」ケリーは唇を噛んで、ジェイクを見返した。彼に心の平穏を乱されるのが癪《しゃく》でならない。

「だって」ジェイクはケリーの腕をつかみ、真っ正面を向かせた。「いつ、どこで、どういう理由から、きみが男を憎みはじめたのか知らないんだ。別にきみの男性関係に関心があるわけじゃない。さあ、コリンについて聞かせてくれよ」

　ケリーは腹が立って、返す言葉もなかった。雇い主に向かって、どうしてこんな口のききかたをするの？　上司に言いつけるから！　ああ、なぜこの人に悩まされなければならないのかしら。控えめにつき添ってくれるエスコートが欲しかっただけで、人の心に踏みこんでくる人なんか願い下げだわ！

「どうしたんだい？　それとも、ジェレミーにきこうか？」ジェイクは静かな声で脅すように言った。「彼、ぼくがきみの過去をほじくり返すと喜びそうだな」

「コリンはわたしの夫だったの」ジェイクへの嫌悪感がつのっていく。彼はケリーが古傷に触れるのを避けようとしていることを、ちゃんと承知している。

「それで？」

　なんて厚かましい！　ケリーが息を吸いこんだとき、突然、ジェイクの唇がケリーの唇をふさぎ、春の日ざしがさえぎられた。固く閉じたまぶたの裏にさまざまな色が万華鏡のように飛び交い、ケリーの体は彼の力を拒み、心は怒りに煮えたぎっている。ジェイクの腕の中で筋肉の一本一本がこわばる。彼の温かな唇がゆるやかなカーブを描いて動きはじめても、ケリーは口を真一文字に結んで、力をゆるめようとはしなかった。ぱっと目を見開き、嫌悪と屈辱の入りまじった目で、ジェイクをにらみつけた。

「リラックスして」ケリーの口もとに息がかかるほどの距離で、ジェイクがささやく。「スーとジェレミーが見ている。恋人どうしのたわいない痴話げんかだと思わせたかったら、ぼくにキスを返して」

「お断りよ！」ケリーは低い声で言い捨てると、身をもぎ離して歩きだした。全身に汗がにじんでいる。気分が悪くて、悪寒がする。こんな気分を味わったのは……コリンとの一件以来だ。ケリーはジェイクのキスから逃れられなかったことがショックであると同時に恐ろしかった。

「だいじょうぶ？」スーがやってきて、心配そうに尋ねた。「顔色が悪いわ」

　ジェレミーがじろりとケリーを見て、皮肉を浴びせた。「とうとう氷が解けたんだねえ。どうやったのか教えてもらいたいものだ」と言ってジェイクに目を移す。

ジェイクは平然とした顔でケリーの肩に腕を回していたが、力がこもっていて、ケリーが逃れようとしてもむだだった。

「教えるって、何を？」ジェイクはケリーの青ざめた顔に目を落としたまま、きき返した。

「氷のよろいを解かす方法さ」ジェレミーは意地の悪い言い方をした。「彼女、厚い氷の中に閉じこもってしまって、つるはしでも使わなきゃだめなんじゃないかと、ぼくたちは思っていたんだよ」

「ジェレミー！」スーが困ったようにケリーを見やり、夫をたしなめた。

「いいのよ、スー」ケリーはつかのま、ジェイクへの怒りも忘れて口を開いた。「わたしがだれともベッドをともにしない、というだけで、ジェレミーに堅物の烙印《らくいん》を押されてるのよ」

「だから、きみは幸せ者だよ」ジェレミーはジェイクに言った。「コリンさえいなかったら、ケリーはいまだにバージンだったにちがいないんだ。純真無《む》垢《く》な大金持」

ジェイクに見られていると思うと、ケリーの頬が赤らんだ。ああ、ジェレミーはどうしてこんなことを言うのかしら！　スウェードのジャケットのポケットに突っこんだ手をぎゅっと握りしめる。もちろん、理由は明らかだ――ジェイクを連れてきたことへの仕返し。彼と同じ部屋を使うようにしたのもその一つ。ジェイクといっしょの部屋！　ケリーは下唇を噛み、取り乱してはだめ、と自分自身をしかりつけた。同じ部屋を使うといっても、ジェイクがいきなり襲いかかってくるとは思えない。たとえそうなったとしても……。ケリーは不安そうな目をジェイクに投げかけた。と、軽い抱擁が返ってきた。

「そうしたければ、ケリーは全財産を慈善団体に寄付したっていいんだ」ジェイクの声が耳に入る。

「妻になったら、ぼくが養ってあげるんだから」

「ケリーも幸運な女性だねえ」ジェレミーが答えた。「慈善の対象をさがすときには、ぼくたちを第一候補に考えてほしいな。ぼくにも財産家の女性をめとるぐらいの頭があったらよかったんだけど……」

スーに向けられたジェレミーの目を見て、ケリーは取っておきの悪口を浴びせてやりたかったが、スーのことも考えて、冷たい視線を向けるだけにとどめた。

ジェイクの演技力はたいしたものだ。ケリーもすなおに認めた。妻を養うという言葉は真に迫っていたし、説得力があった。外見からも、頼りがいのあるタイプに見える。いやだわ、何を考えているの！ケリーははっと我に返った。ジェイクは失業中の俳優よ。だから、どんな役でもこなせるの。その演技力に対して、お金を支払っているんじゃないの！

家にもどってから、ケリーは二階へ上がって、スーツケースの中身を整理した。二人で一つの部屋を使わなくてはならない、という大問題をどう解決したらいいか、ジェイクと話し合おうと思っていたのだが、彼は階下《した》でスーと話しつづけている。荷物のことは会話のあいまにこう言っただけだった。

「ぼくの分も片づけておいてくれよ。ありがたいことに、パジャマを出す必要はなくなりそうだけど」

スーがにやりと笑った。「ケリー、赤くなってる！　さあ、これで何もかもはっきりしたわね」

荷物の整理にそれほど時間はかからなかった。ケリーが持ってきたものといえば、食事のときに着替えるための新しいドレスと、明日着る予定のジャンパーとスカート、それに下着と数カ月前衝動的に買ってしまったシルクのネグリジェ。柔らかなブルーのネグリジェを取りだしながら、ケリーは眉をひそめた。とくに悩ましいスタイルではないけれど、ふだん着ているパジャマとは比較にならない。スーツケースに詰めなければよかった。

階段を下りていくと、スーとジェイクの話し声が聞こえてきた。

「ケリーにあなたみたいな人が見つかって、本当にうれしいわ」ケリーはドアの外で足をとめた。「コリンのことがよっぽどこたえたのね。彼女、臆病《おくびょう》になって、もう男の人を愛せないんじゃないかと思ったくらいよ。あら、いやだわ、そのことはあなたが一番よくご存じのはずなのよね。冷たい氷の殻をかぶったケリーを……」

ケリーはそれ以上聞いていられなくなって、ドアを押し開けた。ジェイクの顔をまともに見られない。

「ケリー……こっちへ来て、ジェイクのお隣に座りなさいな。紅茶でもいれてくるわ。ジェレミーは用事があって出かけたけど、もうじきもどるはずよ。夕食にはもう一組カップルを招いてあるの。ジェレミーのお得意さんで、いいかたたちなのよ」

スーが席をはずした後の沈黙に、ケリーは耐えきれなくなった。「スーにいろいろ聞いて、おもしろがっていたんでしょうね」ケリーは辛辣《しんらつ》な口調で言った。

「おもしろがってなんかいないよ。いろいろ教えてはもらったけど」ジェイクの腕がソファの背に沿って伸びてきて、ケリーの後れ毛を指先に巻きつけた。

「やめて！」ケリーはヒステリックに叫び、彼から離れようとした。「触らないで」

「ぼくたちは恋人どうしってことになっているんだろう？　スーがもどってきたとき、こうしていたほうが自然に見えるじゃないか。コリンとのときのことを思いだして」

ケリーはぎょっとした。コリンの顔が脳裏に浮かぶと同時に顔から血の気がうせ、吐き気がして体が震えだす。コリンはケリーを無理やり彼のほうに向かせ、髪を引っぱって、平手打ちをくわせた。あのときの光景がまざまざとよみがえり、目の前の現実の世界が遠のいていく。ジェイクが耳もとで低い声でつぶやいているのがかすかに聞こえてくる。気がついたときには彼の腕の中にいた。男性に触れられるのがいやでもがいている一方、不思議なことに、彼に服従したい、身を任せて彼の肩にもたれかかり安らぎを得たい、という気持も働いている。

「ケリー！」

スーの心配そうな声に、ケリーは正気にもどった。

「気分がよくないらしいんだが、心配はいらないと思うよ」ジェイクがスーに説明していた。

「二階で少しやすんだほうがいいわ。何か必要なものはない？」

「ちょっと貧血を起こしただけなの」ケリーも口を開いた。「たいしたことないのよ。朝、何も食べないで出てきたでしょ。少し車にも酔ったものだから。でも、もうだいじょうぶ」

「スーの言うように、二階でやすんだほうがいい」ジェイクが有無を言わせない口調でさえぎった。「ぼくがいっしょに行ってもいいんだけど」彼はにやりと笑って言い添えた。「逆に、ぜんぜん眠れなくなるといけないから」

スーもにこにこして、ケリーの当惑ぶりを見ておもしろがっていた。が、ケリーとしても、ジェイクのいないところへ避難できるのは助かる。怖がる理由などないのはわかっていても、彼がそばにいるというだけで、なんとなく恐怖を覚えるから……。

その気はなかったのに、ケリーはぐっすり眠った。メイジーも言っていたように、ケリーには休息が必要らしい。イースターをコルフ島で過ごす計画にも心が動くけれど、それはスーとケリーと二人だけで行く場合に限る。一週間ずっとジェレミーから逃げまわらなくてはならないと思うと、ぞっとする。

ドアの開く音に、ケリーは目を覚ました。眠い目を開け、頭を起こしたとたん、恐怖に鼓動が速くなった。ジェレミーが入ってきて、ケリーを見下ろしているのだ。

「近ごろは夜眠る暇もなかったらしいね」ジェレミーは皮肉たっぷりに言った。「とうとう氷も解けたのか！　それならそうと言ってくれればよかったのに。喜んでお祝いしてあげたよ。ところで、彼は何者だい？　これまでに一度も話題になったことがなかったね。恋人が欲しかったなら、ぼくにそう言ってくれればよかったのに」ジェレミーはベッドに歩みよった。

　ケリーは逃げださなくては、とあせったが、恐怖のあまり全身が金縛りになっている。大きく見開いた目で彼を見返した。

「ケリー、きみはとってもすてきな女性だ。厚い氷に覆われていた点をのぞけばね」ジェレミーの視線がケリーの胸のふくらみをとらえる。彼が手をかけようとしたとき、ケリーは恐ろしさに心臓がとまるかと思った。

「ケリーはぼくの恋人だよ」開いたドアのほうから、ジェイクの声がした。

　ジェレミーはくるりと振り向き、ジェイクをにらみつける。「いったいなんの……」

「スーがきみをさがしているよ」ジェイクは軽蔑《けいべつ》しきった声で言った。「見苦しい事態を招きたくなかったら、さっさと立ち去ることだね」

　ケリーは身動き一つできなかった。ドアが閉まった後も、そのままの姿勢で横になっている。

「そういうことだったのか」ジェイクは静かな声で言った。「何かあるとは思っていたんだが……。男嫌いの仮面はきみと友達の亭主との不倫の関係をごまかすためのものだったんだね。そんなことをして、良心が痛まないのかい？」ジェイクの口調が険しさを帯びてくる。「そんな仕打ちにスーが耐えられると思っているのか？　ジェレミーがどういう人間か、ちゃんと目を開けて見てみろよ。それとも、人間性など関係ないわけ？」

「誤解しないでよ」ケリーはやっとの思いで、重い体を起こした。

「誤解かねえ？」黒っぽい眉が片方つり上がる。「ぼくにはきみがエスコート役の男を雇った理由がはっきりわかったよ。カップルが二組になれば、きみとあいつとの関係がうまくカムフラージュできるからね」

「ちがうわ！」

「ちがう？　じゃあ、どうなんだ？」

「ジェレミーのせいなのよ。彼がわたしを……わたしを襲おうとたくらんでいるのがわかっていたの」ケリーの体に震えが走った。「だから、ボディガードが必要だと思ったの。スーをがっかりさせたくなかったから、誘いを断ることはできなかったし……。でも、わたしが一人で来たら、ジェレミーがどういう行動に出るか……」

「強引に言いよる？」ジェイクはじっとケリーの顔を見つめた。「うちの会社に足を運んだ理由はそれなんだね？」

「ええ」

「ふうん」

「信じてくれないの？」ケリーは自分がそんな質問をしていることに驚いた。彼に信じてもらえようともらえまいと関係ないではないか。

「いや、その逆だよ。ようやく納得できた。ただ、まだわからないのは、きみみたいに自制心のある頭のいい女性が、男が近づくたびにおびえる点だ。身動きできなくなったり、ぼくが三十センチ以内に近づくと、飛びすさる」

「おおげさだわ」ケリーは彼の視線をうとましく思いながら、ゆっくりベッドからぬけだした。彼の目に危険な光が宿っている……。その意味を想像して、ケリーの体は再び震えた。

「じゃ、実験してみようか？」

「あなたが何をたくらんでいるのか知らないけど、雇い主はわたしだということを忘れないでね。全部、会社に報告できるんですから」

「どうぞ」彼はケリーを小ばかにしたようにうなずいた。

ケリーが制止するまもなく、ジェイクの手が伸びた。全身をこわばらせているケリーを抱きすくめ、片手を背筋に這《は》わせ、もう一方の手でスヌードをはずして、つややかな髪に指をさし入れる。

「やめて！」ケリーが悲鳴をあげた。「やめてよ！」

ケリーの目に、ジェイクが顔をしかめるのが映った。「おびえてる。どうしてなのか……」

「おびえてなんかいないわ」ケリーは否定した。「怒ってるだけよ。あなたは自分をなんだと思ってるの？　自分の魅力に自信があるんでしょうけれど、わたしには通じないのよ。あなたにこんなことをする権利は……」ケリーはぎらぎらした目でにらみつけ、握りしめたこぶしで、分厚い彼の胸を打った。

「ぼくは危険な目に遭っていたきみを救ったんだよ。忘れたのかい？」冗談めかしてつけ加える。「お礼をもらってもいいんじゃない？」

「何がお望み？」ケリーは意地の悪いきき方をした。「特別報酬を上乗せします？」

「どうしてきみは……」

ケリーは言いすぎたことを悔やんだが、もう遅かった。ジェイクの顔が迫ってきて、彼女の抵抗の声も呼吸すらも、唇でふさいで押し殺してしまった。さらに力が加わり、唇が歯に押しつけられると、ケリーは恐怖と痛みに気を失いそうになり、大きく見開かれた目だけがショックと怒りを表していた。

「ケリー！」唇の痛みがすっと引く。柔らかな唇を彼の親指がなぞったとき、ケリーは痛みに顔をしかめた。

「わたしを痛めつけたかったのね。さあ、これでいいでしょう？　力ずくでわたしを侮辱して、男のエゴが満足させられたんだから。男の人って、みんな同じね！　あなたも……」

「ちがうよ！」ジェイクはケリーの気色ばんだ声を荒々しくさえぎった。「男はみんな同じというわけではない。痛い思いをさせて悪かったと思っている」彼は頭を下げた。ケリーは真意がつかめず、たじろいだ。「きみがぼくを怒らせるからこういうことになったが、最初から痛い思いをさせるつもりはなかった。それより、男の腕の中で女がおびえたら、どんな男でもこういう行動に出ると、前にだれかに言われたのかい？　コリンがそう言ったの？」

ケリーの顔から血の気が引き、指がジェイクの肩にくいこんだ。

「ケリー？」

「わたし……」半開きになった唇に、ジェイクの唇が重なる。すでに抵抗する力はなく、彼に身をもたせかけ、なされるままになっているほうが楽に思えた。ジェイクの唇の優しい動きは、蝶《ちょう》の羽のようなタッチで、ケリーの唇にしっとりとしたぬくもりを伝えている。ケリーは頭がくらくらしてきた。

「ケリー、だいじょうぶ？」

ドアの外から聞こえてきたスーの声と、体に回されていたジェイクの腕の力がゆるむのが、ぼんやり意識される。ジェイクはきみにその気がなかったとは言わせないぞ、と挑むようにケリーの顔を見すえている。そのとおりなのだ。ほんのつかのまではあったが、肉体的に彼を求めたことを思いだし、ケリーは体を震わせた。

「ケリー！」

ケリーは必死に自制心を取りもどそうとした。

「今、行くわ」スーの呼びかけに答える。「もうだいじょうぶよ」

「ケリー……」

ジェイクの目は何を伝えようとしているのだろう。ケリーが何年間、こういうキスと縁がなかったか、推測しているのだろうか。男と女の触れ合いをどのくらいのあいだ、拒みつづけてきたのか、を。

「行かなくちゃ……」

「ケリー、何をそんなに怖がっているんだ？」

「なんにも」本当のことは言えない。「なにも怖がってなんかいないわ。さあ、放してちょうだい」ケリーは彼の腕をふり払って、戸口のほうへ歩きかけた。ジェイクにキスを許したりして、完全に頭がどうかなっていたらしい。いったいどういうことなのだろう。長いあいだ〝堅物〟〝不感症〟だと言われつづけ、自分でもそうだと思いこんでいたのに……。ジェイクのキスを受けたとき、全身にさざ波のように広がっていったものはなんだったのか……。ケリーは自分でも理解のできない反応のしかたが恐ろしかった。鏡をのぞいたときに、いつもの自分とはちがう別の人間が映っていたような気がした。ジェイクのキスを受け、ケリーの体は口にするのも恐ろしい〝欲望〟にうずいた。どうして？　なぜなの？

「あなたがケリーのボーイフレンドね？」ジェニファー・ゴードンはまぶしそうにジェイクを見た。

「ケリーも幸せな人ね！」

「まったくよねえ」スーが笑顔で相づちを打つ。

テーブルの向こうから、ジェレミーが皮肉な薄笑いを浮かべて、妻に言った。「気の毒だが、きみの財力じゃ、彼につき合ってはもらえなかっただろうね。そうだろう、ケリー？」

ジェニファー・ゴードンの青い目が鋭い光を放つ。ケリーはジェレミーのさえない丸顔に、ワイングラスの中身を引っかけてやりたかった。

「ケリーに金があろうとなかろうと、ぼくの気持は変わらないよ」ジェイクがきっぱり言いきった。ケリーにもう少し見る目があったら、彼の瞳の奥に宿っているのが真実の怒りで、ケリーの手に口づけをしたときや彼女を抱きよせたとき、本心から彼女を求めていることを見ぬけたのだろうけれど……。

ばかばかしい芝居が終わると、ケリーはほっとした思いで、ゴードン夫妻を見送った。ジェレミーは今夜も悪酔いをしていて、スーはずっと彼の意地の悪い言動に耐えていた。彼女が気の毒でならない。ジェレミーの何倍も人間としての価値は上なのに、どうしてあんなふうに黙って、言いたい放題にさせておくのかしら。

三十分ほどたって、ケリーが二階へ上がろうとしたとき、ジェレミーが千鳥足で近づいてきた。

「せいぜいうまくやることだな」彼はケリーに寄り添っているジェイクに毒づいた。「不感症のお姉さんと！」

ケリーはその場にスーがいなくてよかったと思った。怒りに顔は紅潮し、寝室に足を踏み入れた後も気持はおさまらなかった。

「ごめんなさいね」気を静めて、ジェイクにわびる。

「ジェレミーはジョークのつもりなのよ」

ジェイクは彼女の声から普通ではない響きを感じ取って、考えこんだ目をした。「彼はきみを〝不感症〟と呼ぶチャンスが欲しくて、ぼくたちを一つの部屋にやすませるよう仕向けたんだな。きみは自立した女性にしては、おかしな行動ばかりとっているからねえ」

「そうかしら」

「仕事一筋で、色恋ざたには背を向けている女実業家である一方、亡くなった夫を慕うあまり、ほかの男性を寄せつけない。でも、本当のきみは、そのどちらでもないような気がするな。ケリー、もう一度、新しい恋にチャレンジしてみるべきだよ。本当の自分を見つけるために」

「あら、あなたがその相手役に名乗りをあげるつもりなら、ご遠慮するわ」ケリーはうまくかわした。

「そうじゃないよ。ぼくはそのために雇われたわけではないから。それとも、真の目的はそっちだったのかな？　詮索したり、批判したりしないで一夜をともにしてくれる男、きみが飽きたら、すぐに目の前から消せる男が……」

「冗談じゃないわ！」ケリーは息をのんだ。「ベッドの相手なら、なにもお金で雇わなくたって……」

「そういう意味ではないんだよ」ジェイクは穏やかな声で続けた。「もし、きみに欠陥があるなら、そう考えるんじゃないかと思って。つまり、異性を物と考えて、金で解決したほうが……」

ケリーはかっとなって、後半は耳に入らなかった。

「〝欠陥〟ですって？　どういう意味よ」

ジェイクは首をすくめた。「わかっているだろう？　きみは男が近づくたびに震えあがる。子供じゃあるまいし……。男に対して、どうして普通に接することができないのかは知らないけど、正常じゃないのは確かだ」

ケリーは返事をしなかった。その代わりに、ローブをつかんでバスルームに飛びこんだ。なんていやな人なの！　欠陥者扱いするなんて……。ケリーが男性と気安くつき合ったりしないのは、彼女の方針からだ。男を軽蔑している……ケリーにはそれなりの理由がある。彼女は女も男と同じように仕事に成功して、堂々と人生を歩んでいけることを証明してみせた。しかし、その代償はどうだったろう。ケリーは服を脱ぐ手をとめ、体を震わせた。代償はあまりに高かった。信じられる人がいない、人生の伴侶がいない、恋人も家族もいない——完全にひとりぼっちだ。自分で選んだ生きかたなのだから、と自分に言いきかせるのにも、もううんざりしていた。

ケリーは泣き声をごまかそうと、蛇口の水を流した。けれども、あまり水音がしなかった。ケリーは気持が落ちつくのを待ってシャワーを浴び、バスルームを出た。

ジェイクはアームチェアに座って、読書にふけっている。ケリーが近づくと、そっけなく尋ねた。

「バスルームはあいたんだね？　明日の予定はどうなっているのかな？」彼はケリーがベッドの上に出しておいたパジャマとタオルのローブを手に取った。

「何時ごろ、ここを出るつもり？」

「昼食がすんでから」ケリーは感情のない声で答えた。ジェイクがこちらをほとんど見ないことが、どうしてこんなに気になるのだろう。一つの部屋を使う以上、おたがいにできるだけ刺激しないようにしよう、と夕食の前に取り決めてあったのに。

バスルームのドアが閉まる音を聞いて、ケリーは髪からピンをはずし、ブラッシングを始めた。彼が出てくる前にベッドに入って、眠ったふりをしていたい。欠陥者呼ばわりしたくらいだから、わたしの体に手を触れるとは思わないけれど……。あのときのジェイクの表情を思いだすと、ケリーは顔が熱くなった。哀れむような目をして！　なんて人なの！

4

ケリーは彼女を追いかけてくる幻影に苦しめられ、ベッドの上で身をよじった。コリンだ……。コリンがわたしを笑いものにして、暴力を加えようとしている……。ケリーはコリンの手から逃れようと、悲鳴をあげて暴れた。と、突然、かすれ気味の声が魔手から解き放してくれた。

「ケリー、どうしたんだい？」

ケリーは自分がどこにいて、その声の主がだれなのか気づくまでに、しばらく時間がかかった。ジェイクはすっかり眠気の飛んだ困惑した顔で、彼女を見下ろしていた。

「悪い夢を見たんだね。だいじょうぶかい？」

〝はい〟と返事をしたかったのだが、ケリーは喉がこわばっていて、声が出ない。上体を起こすと、背中や肩がひんやりした。恐怖におびえた目で、室内を見まわす。

「何か飲み物を持ってきてあげよう。紅茶はどう？」

紅茶！　ああ、どんなに飲みたいか……。

「階下《した》へ行っていれてくるから、待ってなさい」

ジェイクがいなくなると、ケリーはぶるっと体を震わせた。部屋の中ががらんとして見え、悪夢のような過去の世界に引きもどされそうな気がする。なぜ、よりによって今夜、新婚初夜の恐怖がよみがえったのだろう。もう何年間もあの夢は見なくなっていたのに……。コリンに襲われ、なめらかな肌に受けた傷が目に浮かぶ。もどってきたジェイクは、がたがた震えているケリーを見て眉をひそめ、湯気の立っているティーカップをわきのテーブルに置いた。

ジェイクの体重で、ベッドがへこむ。

「すてきな髪だ」思いがけない台詞《せりふ》がジェイクの口から出た。「シルクみたいになめらかで。肌もすけるように白い」ネグリジェの胸もとへ視線が移り、ケリーは顔を赤らめた。

「そんな必要ないのよ」ケリーは体を引こうとしたが、ウエストを押さえられていて動けない。

「何が？」ジェイクがまた眉根を寄せた。「なんの必要がないって？」

「お世辞を言うこと」

「お世辞じゃないさ。本当にきみの肌と髪の美しさに感心してるんだよ」

ジェイクはあいているほうの手でケリーの長い髪に触れ、親指で肩のラインをなぞった。心地よいうずきに包まれ、ケリーはまた体を震わせた。

「寒いんだね」

返事をするまもなく抱きすくめられ、背中に彼の肌のぬくもりが伝わった。ジェイクは上半身裸だった。

「怖がらないで」彼の声が耳もとをかすめる。「ぼくは紳士らしくふるまっているだけさ。きみが紅茶を飲んでいるあいだ、体を温めてあげようとしているんだ。さあ」ジェイクは手を伸ばしてティーカップを取り、ケリーに渡した。

ケリーはがたがた震えていて、両手を使わなければカップを持てなかった。震えているのは手だけではない。全身に震えが走り、とうとう紅茶をこぼしてしまった。急に緊張の糸が切れ、目から涙があふれだす。何がどうなっているのか理解できないまま、泣きじゃくった。

「ケリー、どうしたっていうんだ？」

ジェイクはからかっているわけでも、怒っているわけでもない。彼の声は……本気で心配してくれているように聞こえる。でも、どうして彼がわたしの心配をしてくれるの？

　ジェイクはケリーの腕に手をかけ、温かな胸もとに引きよせた。ケリーは彼の肩に顔をうずめた。彼女の背中に回された手が、興奮しきった神経をなだめるようにゆっくり上下し、優しい言葉が頭上でささやかれる。ケリーの張りつめた気持がほぐれ、守られているのだという安らいだ気分になって、顔を上げた。

「ケリー！」

　注意を呼びおこすようなジェイクの声に、ケリーは初めて、彼女の胸が彼の胸板に押しつけられ、二人の肌のあいだにはネグリジェの薄い生地一枚しかないことに気づいた。

「ケリー」

　ジェイクの顔が近づいてきて、柔らかな唇がふさがれても、ケリーは動こうともしなかった。こんなことをしていちゃだめ！　心の中で懸命に自分をしかりつけながらも、まぶたを閉じる。この寝室にいてはいけない。素性も知らない男性と同じベッドでやすみ、キスを許すなんて……。ましてや、ちょっとでも愛されたいと願うなんて、言語道断だ。わかってはいるのに体が言うことをきかないのはなぜなのか……。しかし、ケリーはその理由を知りたいとは思わなかった。今、彼女が望んでいるのは、肌を合わせ、寄り添っていることだけ……。

　ケリーの押し殺したような低いうめき声が、熱いキスにふさがれる。キスの麻酔のような効果が、わずかに残っていた理性までもしびれさせた。より体を密着させたいという思いから、ケリーはジェイクの首に腕を回す。ジェイクもそれを感じ取って、彼女の体を抱きよせた。そして、襟もとに結んであるリボンをほどき、薄い布地を静かに押しやる。欲望をそそるような胸のふくらみが現れたとき、ジェイクの瞳はきらりと光った。ケリーは自分で自分が信じられなかった。ジェイクに抱かれたいという思いに突き動かされている感じだ。

「脱がせようとしているの？」とかすれ声できいたとき、ケリーの喉はからからになっていた。ブルーのネグリジェが脱がされ、ジェイクの視線を肌に浴びても、それほど戸惑ったりはしなかった。まぶたに一瞬、コリンの幻がよぎったが、それもほんのつかのまだった。ジェイクとコリンは少しも似ていない。筋骨隆々としたたくましい体に目を奪われ、ケリーは思わず、日に焼けた彼の体に指先を這《は》わせた。

「ケリー、ケリー、どうしようというんだい？」ジェイクはあえぎながら、ケリー以上に力のこもった手で、彼女の体を愛撫《あいぶ》した。

ケリーを枕《まくら》の上に押し倒し、片手を彼女の長い髪にさしこみ、もう一方の手を白い胸にのせる。

「きみがオフィスに来たときから、こうなることを望んでいたんだよ」ジェイクの熱い吐息が肌にかかった。彼の唇で胸を愛撫されはじめたとき、ケリーの思考力は停止し、呼吸が乱れた。欲望の波にのまれ、ショックと興奮に、頭がくらくらする。

「ジェイク！」ヒップへ下りてきた彼の手で、体を撫《な》でられたとき、ケリーは耐えられなくなって彼の名を呼んだ。さらに大きく波打っている胸に彼の唇で触れられると、ケリーはこれ以上自分を抑えられず、指がくいこむほどきつく彼の肩をつかみ、体を弓なりに反らした。

「すてきだ……」ジェイクは唇をケリーの胸からほとんど離さないまま、つぶやいた。「初めて会ったときから、こうなることを夢見ていたんだ」熱に浮かされたように、声がうわずっている。あいているほうの手をケリーの腰の曲線に沿ってすべらし、敏感になっている彼女の肌に軽く歯を当てる。信じられないことだが、ケリーの体の奥から、ジェイクの愛撫に応《こた》えたいという強い欲望が突きあげてきた。

さっき見ていた悪い夢のことなど忘れてしまった。頭の中には、ジェイクへの思いと情熱的でセンセーショナルな感覚しかない。神経の一つ一つが官能の刺激に反応し、ジェイクと結ばれたい、と体が要求してくる。彼の手が腿に触れ、かすれた声でケリーの名を呼びながら、唇が肌をかすめる。突然、遠い記憶がよみがえってきて、ケリーの体が震えた。この手はジェイクの手ではない――コリンの手だ。コリンがケリーの名をつぶやき、体をもてあそび、心をいたぶっている。

反射的にケリーの体が硬直した。ジェイクが上体を起こし、険しい目でケリーを見下ろしているのが、ぼんやり見える。

「ケリー、どういうことなんだ？」ジェイクはきつい口調で問いただした。「何をふざけているんだ？」

「触らないで……」ケリーは力のない声で訴えた。すっかり過去の世界に引きもどされたケリーは目に涙を浮かべ、体を震わせている。コリンにどんな目に遭わされたかを思いだし、気分が悪くなった。

「触るな、だって？ 心配するなよ。そんなことしやしないから」ジェイクは吐き捨てるように言った。「きみがバージンだったら、ぼくだってこんなことはしなかったよ。でも、そうじゃないのに、なぜ？」

「コリンが……」ケリーは自分で何を言おうとしているのかよくわからないまま、口を開いた。「コリンの姿とダブって……」

ジェイクの喉から、荒々しい罵《ののし》りの言葉が飛びだし、ケリーの声をさえぎった。ケリーは誤解されたことに気づいたが、もう遅かった。ジェイクはすっくと立ち上がると、恐ろしい形相でローブをはおり、毛布を一枚ベッドから引きはがした。

「代役はごめんだよ」激しい声がケリーの耳を突き刺す。「金輪際ね！ いいかい？ そんな顔をするな」声の調子が穏やかなものに変わる。「ぼくだって力ずくで迫って、くびにされるのは困る。だけど、ちょっとひどいなあ。きみはコリンの代役をできる男をさがしているんだね。あいにくぼくは適役ではなかった。きみに頼まれないかぎり、二度ときみに手を触れたりしないよ。ぼくはぼく、コリンやほかの男じゃないんだ！」

　ジェイクは激怒している。そんな彼にどう弁解できようか。ほんの一瞬、頭をかすめたコリンの手荒な行為が、ジェイクの愛撫に燃えていた彼女をおびえた子供に変えてしまったにすぎないのだけれど。ジェイクはどういうつもりだったのだろう。ケリーに一目ぼれしたようなことを口走っていたが、彼にとってそういう台詞はあいさつ代わりみたいなものではないのだろうか。何人の純情な女性が彼の腕に抱かれて、甘い夢を見たいと願ったことか……。ケリーはさっきまで彼女の心身にみなぎっていた感情を思い返し、また体を震わせた。男性に体を許したことなど一度もないのに、ジェイクにはすべてをささげたいと思った。彼もケリーのその気持を利用したのだろう。でも、どうして？　経験豊かで魅力的な男性ではあるが、推測するに、あまり裕福ではないにちがいない。とすれば、おのずと結論は出てくる。ケリーはこんなはっきりしていることに、今まで気づかなかった自分がどうかしていると思った。

　スーの家を出る一時間前ごろ、ケリーはほっとした気持で腕時計に目をやった。この週末はひどいことの連続だった。きわめつけは昨夜の一件！　思いだすだけで、体の震えを抑えられなくなる。なぜあんなことになったのか？　コリンとのことがあって以来、ずっと押しこめていた性的欲望がジェイクによって引きだされたのだ。ケリーは何事もなかったようにふるまいたかったが、胸のうずきを感じるたびに、不快なシーンがまぶたにちらついた。

「ケリー、聞いていないじゃないの」スーが非難めいた口調で言う。「イースターの休みに二人でコルフ島に来てほしいって、ジェイクに頼んでたところなのよ」

「わたしは行かれるかもしれないけれど」ケリーは懸命に気持をスーのほうへ向けようと努力した。「ジェイクはちょっと無理なんじゃないかしら。ねえ?」

「いや、わからないよ」

ケリーはじろりとジェイクをにらみつけた。

「なんとかなるかもしれない」ジェイクは平然として言ってのけた。「休暇を取ってもいいころだからね」

「でも、とても忙しいって言ってたじゃないの」ケリーは出任せを言った。

「うん。だけど、太陽と海のリゾートできみと休暇を過ごすなんて、最高だからねえ」

「ロマンチックだよね」ジェレミーがにやりと笑った。男性二人のあいだには敵意が存在している。ケリーがジェイクを連れてきたことで、思わくがはずれ、ジェレミーはおもしろくないのだ。もし、昨日、ジェイクがジェレミーを追い払ってくれなかったら……と思うと、ケリーは背筋が寒くなった。

「ねえ、来ると約束して」スーは熱っぽくせがんだ。「それほど費用がかかるわけじゃないのよ。別荘はパパがただで貸してくれるって言ってるんだもの」

「いいねえ」ジェイクが笑顔でうなずいた。

彼にとってはうまい話にちがいない——ケリーは心に抱いていた疑惑と考え合わせた。なぜ、彼は行くことをはっきり約束してしまわないのだろう。休暇を取れるかどうか、確信がないのだろうか。昨夜の彼の行動の裏に何があったのか……。ケリーの胸が異様に高鳴った。ゆうべはあやうく本能的な欲望に押し流されそうになった。もし、ジェイクがその気持に勘づいていたとしたら？　彼は高級品志向なのに、思う存分それを楽しむ余裕はなさそうだ。今身につけている服も会社からの給料で買えるとは思えない。俳優だとしても、名の通った人間ではない。おそらく、金持の女性相手に洗練されたエスコート役を務めるのに飽きたか、そろそろ自分の魅力を換金してもいいころだ、と考えているのか、まあそういったところだろう。

「じゃ、二人で来てくれるのね？」スーの興奮した声に、ケリーは現実に引きもどされた。

「もちろんだよね、ケリー？」

「えっ、何が？」ケリーはジェイクにけげんそうな目を向けた。彼は今朝、ケリーに指一本触れなかった――少なくとも物理的には。彼女を見る目つきは、服をはいで見すかそうとでもするようで、腹立たしさを覚えたが……。

「イースターにスーと合流する話だよ。二人で休みを取って、行こうよ」

「あなたは取れても、わたしは……」

「取れるじゃないか」ジェイクは決めつけるように言った。「だいたい、きみといっしょでなくてぼくが行けるわけはないだろう？」

たしかにそのとおりね。ケリーは皮肉なまなざしを向けた。彼がただでリッチな休暇を楽しむには、どうしてもケリーが必要なのだ。

「スー、まだなんとも約束できないわ」たしなめるように、ジェイクにぎゅっと指を握られ、ケリーは顔をしかめた。

二人だけになったとき、ケリーはジェイクに怒りをぶつけた。「いったいどういうつもりだったの？　あなたとコルフ島へ旅行するつもりなんか、これっぽっちもないのよ。わかってるでしょ！」

「へえ、どうして？　イギリスに残りたいのかい？

ジェレミーといっしょに」

「ジェレミー！」うかつにも彼の存在を忘れていた。そもそもどういう理由からジェイクを雇ったのかさえ忘れていたのだ。

「そうだよ、ジェレミーさ」ジェイクはにやりと笑った。「スーの亭主。どうやら彼のことを忘れてたらしいね？　もしきみがスーの誘いを断ったら、ジェレミーはきっと自分のためにそうしたんだ、と考えると思うな」

そのとおりだ。ケリーは否定できなかった。ケリーがロンドンに残ったら、ジェレミーはなんとか口実をつけて、彼女を訪ねてくるだろう。

「こんなことをして、あなたにはなんの得になって？　ただで休暇を楽しめるだけでしょ」

ジェイクは気分を害したふうもなく、笑っている。

「それもいいと思うな。でも、それだけではないんだよ」

「今の仕事にそろそろ飽きてきた、とか？」ケリーは挑戦的な口調で言った。「いいこと、あなたがもし……」

「ケリー」ジェイクは穏やかな口調でさえぎった。「今さら引き下がったりしてみろ。スーに亭主の行動をばらすよ」

ケリーは顔色を失った。「そんなこと、できるはずないわ！」

「できるかできないか、試してみるかい？」

「なんてひどい人なの……」

「さあ、それはおたがいさまじゃないかな？　それとも、きみがゆうべしたことは人の道にはずれていない、と言うのかい？」

「そうではないの。あなたにはわかってないのよ」

「じゃ、わかるように説明してくれよ」

しかし、ケリーは何も言えなかった。バージンならあの態度も理解できる、とジェイクは言っていた。

ケリーはそのバージンだ！　バージンのまま一生を終える運命にあるのではないか、と思いはじめてもいた。ところが昨夜、自分の中に彼を求める熱い感情がひそんでいることを知って、ひどく戸惑っている。自分自身、頭の中を整理できないのに、ジェイクに論理的に説明できるはずがない。

イースターまでは一カ月もない。スーは食事のあいだじゅう、嬉々《きき》としてコルフ島の休日のことを話題にしていたが、一方、ジェレミーは気乗りしない顔をしている。

「どうぞ、どうぞ」ジェレミーはスーにコルフ島行きを勧めた。「行ってくるといい。ぼくを置いて、せいぜい楽しんでおいで」

「どうしていっしょに行かないんです？」ジェイクがさりげなく尋ねる。「二、三日ぐらいどうにかなるでしょう？」

「そうよ、あなた。いっしょに行きましょうよ」スーも口を添えた。

「考えてみるよ」とジェレミーはつぶやいた。

それから一時間もたたないうちに、ケリーとジェイクはロンドンへの帰途についた。すっかり主導権を奪われたことがおもしろくなくて、ケリーはぶすっとして車のシートに体を預けている。

「ご機嫌斜めだね？」ロンドンに近づいたころ、ジェイクが皮肉な口ぶりで言った。

「あなたにはスーの招待を受ける権利なんかないのよ。どうして受けたの？」

「ぼくにはぼくなりの理由があってね」間延びした調子で受け流す。「ケリー、前にも言ったように、方針を変えるのはあきらめたほうがいいよ。そんなことをしたら、どうなるか……」

「いったい何が目的なの？　ただで休暇を楽しむだけではないはずだわ」

「ああ、それだけではないよ」ジェイクは薄笑いを浮かべて、ケリーを見た。「心配しなくていいよ。ぼくはジェレミーとはちがうんだから、力ずくで襲ったりしないさ」

いいえ、実力行使する必要もないわ。ケリーは自分でもぞっとした。ジェイクは彼の魅力にケリーがどれだけ気持をそそられているかに気づいていないのだろうか。ケリーには財産があり、精神的に傷つきやすい。せめてジェイクが何を考えているのかわかったらいいのだが……。

一時間ほどたって、ジェイクはケリーのアパートメントの前で車をとめ、トランクからスーツケースを取りだした。

「駐車場に車をとめて、すぐもどってくる」ケリーに言葉をさし挟むすきも与えずに、ジェイクは車を走らせた。

数分でもどってくると、彼女の肘に手を添え、エレベーターに向かった。

「一人でだいじょうぶです」ケリーは突き放した言いかたをした。

「仕事は最後まできちんとやらなくてはいけないからね」ジェイクはケリーの部屋の前まで行き、鍵穴《かぎあな》にキーをさしこんだ。

「支払いは……」ケリーはおずおずと切りだす。請求書が送られてくるのだろうか、それとも今、支払うのか……。

「コルフ島からもどってからでいいよ。だけど」ジェイクはちょっと言葉を切って、つけ加えた。「ちょっぴり先払いしてもらっても悪くないよね」

彼は頭を下げたかと思うと、ケリーの唇に軽くキスをした。

「どうしてこんなことするの？」ケリーはびっくりした。「さっきあなたは……」

「わかっている。でも、きみにもう一度チャンスをあげようと思ったんだ。じゃ、ヒースロー空港で」

　ケリーがなにも言わないうちに、ジェイクは立ち去った。どういうつもりなの？　ケリーは憤然とした思いで、部屋に足を踏み入れた。チャンスって、いったいなんのこと？


　ケリーは月曜日に人材派遣会社に電話をして、コルフ島行きの件をキャンセルするつもりだった。ところが、出社するとすぐに、新契約の話し合いのためにニューヨークへ飛ばなければならなくなった。数日後ロンドンにもどってから、何回か電話をしてみたが、うまくつながらない。そのうちにどうしてもキャンセルしたいという意気ごみもうせてしまった。

5

「早く行きたくて。楽しみだわ」スーは低い声で言って、靴のかかとをはずした。「あなたは？」

　前日、スーからロンドンへ買い物に来るという電話があり、ケリーとスーはいっしょに昼食をとる約束をしたのだ。

「結局、ジェレミーも行くことになったのよ」スーはケリーの返事を待たずに話しつづける。「ケリー……」

　ケリーは気持が沈んだ。スーの声音から、彼女がどんな話を切りだすか、予想がついた。

「ケリー、あなたにばかな女だと思われてるのはわかっているわ」スーはたたみかけるように言葉を継いだ。「だけど、すごく不安で……。ジェレミーったら……わたしが流産してから、人が変わったみたいなの」スーは今にも泣きくずれそうな表情で、無理やり口もとに笑みを作った。「なんだか、よそに女性ができたんじゃないかと思うの」

「そう思うようでは、やっぱり頭がどうかしているんだわ」と言いきった後、ケリーは心の中でつけ加えた――あなた以外に、ジェレミーを好きになるような人間がどこにいて？「スー、流産のことはあなたたち二人にとって、ショックだったと思うわ。あなたがどれだけ悲しんだか、わたしにも想像つくもの」

「ジェレミーも悲しんだわ」スーが言葉を挟む。「あまり表には出さないけど、父親になるのをすごく喜んでいたの……」

ケリーはどう返事をすればいいのか、わからなかった。子供はまたできるかもしれない、というのも慰めにはならない気がするし……。

「ごめんなさいね。あなたにこぼしちゃいけない、と自分に言いきかせていたのに……。ところで、ジェイクはお元気？」スーは思いきって話題を変えた。「彼、いい人よね。あなたにぴったりだわ」

ケリーはなにも言わずにほほ笑んだ。ジェイクとの〝恋〟はもう終わったのだ、とスーに告げよう。その後、人材派遣会社に電話を入れて、コルフ島行きの件をキャンセルすればいい。リッチな休暇がふいになって、ジェイクは文句を言ってくるだろうか。

「あっ、ジェレミーが来たわ」スーの顔に笑みが広がる。「あの人もなんとか行けるように都合をつけるって言ってくれてるの」

ケリーは不快な気持を押し殺して、ジェレミーのキスを頬に受けた。

ジェレミーが紅茶の追加注文をした後、スーが化粧室へ行くと席を立ったため、ケリーは彼と二人きりで残されてしまった。

「それで、コルフ島行きの予定は立ったのかな？」ジェレミーは横目でケリーを見た。「世紀の恋はどうなってる？　彼はきみのタイプには思えないけどねえ。どう見たって、忠実な夫という感じじゃないよ。まあ、いいや」ジェレミーはケリーの膝に手を置いた。「寂しくなったら、いつでもぼくがお相手するよ。ひと言そう言ってくれるだけでいい」

思わせぶりな視線に、ケリーは虫酸が走った。男って、みんなこうなのかしら？　どんな女性も尊敬や愛情の対象ではなく肉体の欲望を満たす対象でしかないのだろうか。

「彼がコルフ島へついてくるのは残念だな」ジェレミーは目を細めて、言い添えた。「結局、氷の女《アイスレディ》も見かけと中身はちがっていたわけだ。ケリー、彼はどんなふうに迫ったんだい？」

スーがもどってくるのが目に入り、ケリーはほっとした。いくら鼻持ちならないいやな男でも、ジェレミーはスーの夫だ。ケリーはコルフ島行きをキャンセルできなくなったと悟り、歯をくいしばった。ジェレミーにはケリーの寝室に押し入った前科がある。二度と同じ過ちを繰り返させるわけにはいかない。今度はジェイクと部屋を分けてほしいということを、スーにだけは伝えておきたいのだが、いつどんなふうに切りだせばいいのかわからなかった。

ジェイクの魅力に惑わされてしまう自分の弱さに、ケリーは驚きと不安を覚えた。癪《しゃく》だけれど、もしまたジェイクが言いよってきた場合、抵抗しきれる自信はない。ケリーは自分自身、何がどうなってしまったのか理解できなかった。フラストレーションがたまっていた、と考えるのがもっとも簡単なのかもしれない。ケリーは二十六歳で一度も恋人を持ったこともなければ、欲しいと思ったこともなかった。コリンのせいで、感情が永遠に凍りついてしまった、と思っていたのだが、それはまちがいだった。ジェイクは魅力的だし、マナーはいいし、肉体にも惹《ひ》かれるけれど、どことなく怖い……。それとも、彼に対する自分自身の気持のほうが怖いのか……。

ヒースロー空港はさまざまな国籍の人でごった返していた。ケリーはスーをさがしながら、オフィスから直接来ないで、一度家に寄ってから来ればよかった、と後悔していた。暑いし、疲れている。旅行向きのカジュアルな服を着ている人々の中にいると、妙に場違いな気がする。ケリーはかちっとしたテーラードスーツに、ハイネックのシルクのブラウスを身につけていた。日中のあいだに気温が上がって、これでは暑いし、タクシーがなかなかつかまらなかったせいか、スーツケースも重く感じられた。

軽く肩をたたかれてふりむくと、ジェイクが立っていた。ケリーとちがい、ぴっちりしたジーンズに、胸もとをのぞかせたチェックのオープンシャツ、という旅行にふさわしい服装だった。彼の男っぽさに茫然《ぼうぜん》としているケリーを見て、ジェイクの目が細められた。この人、自分の魅力がわたしにどんな影響を与えているか、知っているのだろうか？　ケリーは女子学生みたいにうぶな自分がばからしくなり、ぷいと顔をそむけて、スーツケースを手に持った。

「ぼくが持つよ」

「自分で持てるわ」

「持てないなんて、だれが言った？」ジェイクの目に嘲笑《ちょうしょう》がちらつく。「ぼくたちは恋人どうし、ということになってるんだよ。忘れたわけじゃないだろう？　スーとジェレミーはバーで待ってるよ」彼はケリーの荷物を軽々と持ちあげ、歩きながら、バーのほうを示した。「荷物の手続きをしてくるよ。チケットはスーにもらってある」

どんどん行動に移していくジェイクのやりかたに、

ケリーはむっとして、口もとを一文字に結んだ。ジェイクといっしょにいると、どうしてこういう気分にさせられるの？　わたしの無力さを痛感させられるせい？　それとも、女性であることを意識させられるから？　でも、雇い主はわたしだ。金を支払っているという優位な立場にいることを思えば、少しは気が休まるのではないか？　彼にイニシアチブを取られるのが怖いのか？　彼の存在そのものに恐れを感じるのか？　コリンとのことがあってから、ケリーは異性との関《かか》わりを最小限に控えるようにしてきた。実際、男の友人といえば、かなり年の離れた妻子持ちか、ずっと若くておとなしい青年ぐらいなものだ。

「何を飲む？」

　ケリーはジェイクがもどってきたのに気づかなかったので、肩に手が置かれ唇にキスされたとき、仰天した。

「すてきだよ」ジェイクはケリーの体を離しながら、つぶやく。スーとジェレミーの視線を感じて、ケリーは顔を赤らめた。キスまでする必要はないはずよ！　スーとジェレミーはわたしたちが恋人どうしであることを承知してるんだから、今さら強調することはないわ。ケリーの唇には快いうずきが残っている。キスされたとき、彼の体に手を回したいという衝動に駆られた自分に腹が立った。

　四人はなんの問題もなく搭乗手続きをすませた。飛行機のエンジンが動きはじめると、ケリーはいつものことながら、恐怖に胸を締めつけられた。飛行機嫌いはいつになっても治らない。ケリーは爪がくいこむほど強く肘かけを握りしめ、前の座席の背に目の焦点を定めた。恐怖に負けて平静を失うまい、と目を閉じる。

「きみもやっぱり人間なんだなあ」ジェイクの声が耳に届く。彼はケリーの手を肘かけから離して、そっと両手で包みこんだ。ケリーは引っこめたかったが、機体が動きだしてしまい、ぎゅっとこぶしを握って耐えるのが精いっぱいだった。

「だいじょうぶ、もうすぐ離陸だ」ジェイクはなだめるように言って、小刻みに震えている彼女の肩に腕を回した。片手でケリーの手を握ったまま、彼女の顔が彼の胸もとにうずまるような姿勢をとる。

ケリーは頬にがっしりしたたくましい肉体を感じた。男っぽい温かな匂《にお》い、力強い鼓動、守られているという安らいだ気持……。

いやだわ、何を考えてるの！　この人は自分の魅力を切り売りして暮らしている男じゃないの！　機体が地面を離れた瞬間、ケリーは目をつぶり、低いうめき声をもらし、とっさに彼のシャツの襟もとにしがみついた。上昇するにしたがって、胸の高鳴りもおさまってくる。キャビン・アテンダントが回りはじめ、機内の緊迫した空気が和らぎ、なごやかなざわめきが広がっていった。

「だいじょうぶ？」ジェイクが尋ねる。

「ええ」ケリーは弱みを見られたことが恥ずかしくて、そっけない返事しかできない。

「本当に飛行機が嫌いらしいね」

皮肉な響きを感じ取って、ケリーはじろりとジェイクを見返した。

「ねえ、教えてくれよ。きみは全面的に相手を信じて、自分をさらけだしたことはないの？　亭主の前でも女らしくふるまったことはなかったのかい？」

「〝女らしい〟というのは〝弱々しい〟という意味かしら？」ケリーはむっとして切り返した。

ジェイクはかぶりを振り、口を曲げた。「そうじゃないよ。ぼくの言った〝女らしい〟というのは、女性の本能的な欲求、たとえば男の肩にもたれかかりたいというような気持のことさ。きみにほれる愚かな男はかわいそうだな。いくら思いを寄せても、きみはその男のことを、男として……恋人として、認めようとはしないだろうから」

ケリーの顔が朱に染まる。彼の言葉には腹が立つが、否定できない。

「男の人なんかいらないの」ケリーはようやく口を開いた。「ましてや恋人なんか」

「どうして？　コリンと比較できるほどの人間はいないから？」

「あなたもほかの人たちと同じね」ケリーは吐き捨てるように言った。「女を屈服させたいと思ってるんだわ」

「ちがうよ。ぼくが女性に望むのは〝女らしくあってほしい〟ということだけさ」ジェイクは説明を加えた。「ケリー、女はどうあがいたって男ではないんだ。別にどちらが優れているとか劣っているとか言ってるんじゃないよ。ちがいがある、と言っているのさ」

そうじゃないわ！　男は女がどんなに弱いかよく知っているから、性的魅力を利月して女をだまそうとするのよ。ちょうどコリンがそうだったように……。彼はわたしを愛していると見せかけて、財産を手に入れるのが本当の目的だったんですもの！

頭がずきずきする。ケリーはハンドバッグに手を入れ、頭痛薬をさがした。それを見て、ジェイクはすかさずキャビン・アテンダントにミネラルウオーターを持ってこさせ、ケリーに手渡した。

「欲しいときには自分で頼みます」ケリーは子供のようにむきになって言った。

ジェイクの口もとに薄笑いが浮かぶ。「ぼくが通路側に座ってるんだから、きみの手間を省いただけさ。困ったものだな、きみみたいな女には。なんでもかんでも自分がリーダーシップを取らないと気がすまないんだ。女らしく従うことは拒んでね。自分の姿を冷静に見つめたことはあるの？　その服装やヘアスタイル、上から下まですきのないようにがっちり固めて……」

「何が言いたいの？」ケリーも負けずに言い返す。

「わたしはキャリアウーマンなのよ。服装や髪型はその人のライフスタイルによって決まるものでしょう」

「そのとおり。きみは冷静で強い女性、その点を誇示したいんだろうけど、ぼくを従わせようなどと考えないでもらいたいな」

「あなたはお金で雇われているのよ、お忘れ？」

ジェイクのグレーの瞳が暗い光を放った。「わかってるよ。ケリー、きみはそうして男より優位な立場にいると気分がいいわけかい？　気をつけるんだな。そんなやりかたを続けていると、いつまでたっても孤独だよ」

「ええ、いいの。それがわたしの望むところだもの」挑戦的な口調で答えたものの、内心泣きたい気分だった。ひとりぼっちの子供みたいに泣きわめきたいけれど、そんなことをしてどうなるだろう。泣いたところで、涙をふいてくれる人はだれもいない。頼れるのは自分だけだということをずっと昔に学んだ。

　ケリーは頭痛薬に眠りを誘われた。軽く体を揺すられ、まもなく着陸するというジェイクの声に、はっと目を覚ます。目を開けたとき、彼の腕にもたれているのに気づき、ケリーは顔を赤らめた。

　ジェイクはにやにや笑っている。「気にしない、気にしない。そう堅くならなくてもいいじゃないか。突っぱって生きるのはどうも好きじゃないなあ」

　これまで懸命に自分の心を引きしめて生きてきた。それを批判されたのは初めてだ、とケリーは飛行機を降りながら思った。仕事の能力は高く評価され、自分でもそれに見合う努力をしているつもりだ。気をぬけば、すべてを失う結果になるかもしれない。

でも〝すべて〟とはなんなのだろう？　家庭と家族と愛情――そう考えていたころのことが頭に浮かび、ケリーはあわてて否定した。愛情！　かつて夢見ていた愛情などというものが存在しないことは、身をもって学んだ。友達を見まわしてみるだけでいい。本当に幸せな結婚生活を送っている者が何人いることか。しかし、少なくとも彼女たちは他人といっしょに生きていこうと努力する気持は持ち合わせている。それに引きかえ、わたしは……。

「ケリー？」

　スーが心配そうにのぞきこむ。「だいじょうぶ？　顔色がよくないわ」

「頭痛のせいだわ。来る前にオフィスでちょっとごたごたがあったもので……」

「さすが！」ジェレミーがひやかす。「女実業家はちがうねえ。ジェイク、きみは恵まれてるよ。ぼくだったら、仕事なんかさっさとやめて、ケリーに養ってもらうけどな」

「それも一案だね」ジェイクが調子を合わせた。「仕事に成功している女性は魅力的だし……」

「ジェレミーの言うことなんか気にしないでね」男性二人が荷物を取りに行ったとき、スーがケリーの耳もとにささやいた。「最近、あの人が何を考えているのかわからないわ」

　ケリーにはわかった。ジェイクの前でケリーに恥ずかしい思いをさせて、いやがらせをしようとしているのだ。なにも知らないくせに！

　空港には予約してあったレンタカーが二台とまっていた。ジェイクの提案で、おたがいに別の道から行ってもいいように、二台頼んでおいたのだ。ジェレミーは全員いっしょに一台の車に乗りたがったが、二台に分かれることになって、ケリーはほっとした。ジェイクと二人きりなら、少なくとも恋人どうしの演技をしなくてすむ。

コルフ島の地理に詳しいスーが一台目の車に乗り、ケリーとジェイクは二台目に乗った。

陽光が目にまぶしい。ケリーはハンドバッグに入れてあったサングラスをさがした。ジェイクはこの暑さをなんとも思っていないようだ。車にはエアコンがついていない。別荘まで四時間かかると言っていたスーの言葉を思いだし、ケリーは旅行用の服を持ってこなかったことを、改めて悔やんだ。シルクのブラウスは汗でぴたっと体に張りつき、ぴっちりしたスカートも暑苦しい。

ジーンズとシャツという楽なスタイルのジェイクがうらやましかった。

小さな村を走っていたとき、ジェイクが商店の前で、突然ブレーキを踏んだ。ケリーは初め、車が故障でもしたのかと思ったが、ジェイクが車から降りて道を渡り店内に入っていくのを見ているうちに、その心配はいらだちに変わった。外から見える品物から判断して、ここはいちおうなんでも扱っている店らしい。

ジェイクは薄暗い店内に消え、五分ぐらいたってから、包みを持ってもどってきた。再びエンジンをかけながら、何くわぬ顔で、ケリーに包みを手渡す。

「プレゼントだよ」

「何、これ？」ケリーはけげんそうに見返した。

「開けてごらん」

中からかわいらしいピンクのワンピースが出てきた。細いストラップのついた木綿のティアード・ドレスだ。

「人気のないところで車をとめるから、着替えるといい」ジェイクはケリーの表情には目をくれようともしない。

「着替える？　いやよ」ケリーはきっぱり断った。

「わたし……」車が急にとまったため、ケリーの言葉はとぎれた。

「いいかい。炎天下をこれから三時間半もドライブしなくちゃならないんだよ。多少なりとも常識のある女性なら、旅に出る前にそれなりの服装を用意するね。スーみたいに。きみの格好を見てごらん。暑苦しくて窮屈そうだ。もっとも、好んで苦しい思いをしたいのなら、それでもかまわないけど。これに着替えたほうが涼しいだろうと思っただけさ」ジェイクは木綿のワンピースに手を触れる。

彼の言うとおりだ。ケリーは自分がだだっ子のような態度を取っているのがわかっていた。暑くてかなわない。イギリスよりずっと気温が高いことぐらい、考えるまでもなくわかっていたはずなのに……。ケリーは唇を噛《か》みしめ、涙を見せまいと顔をそむけた。

「おっしゃるとおりだわ」ケリーはかすれ声でつぶやいた。「ごめんなさい」

「このへんならだれも来ないな。ぼくは車を降りてるから、着替えるといい。前の車とはぐれても、だいじょうぶ。コルフ島は初めてじゃないし、別荘の場所はスーにちゃんと教えてもらっているから」

以前にもコルフ島へ来たことがあるの？　だれと？　ほかのお客さんと？

ケリーはジェイクの後ろ姿に目をやりながら、狭い車内で身をよじって、タイトスカートを脱いだ。岩の上に腰を下ろしたジェイクの黒い髪と筋肉質の体を包む薄手のシャツが風にあおられている。ケリーはブラウスのボタンをはずし、ワンピースをかぶった。どうしよう……。細いストラップのワンピースなので、ブラジャーの肩ひもがぶざまにはみだしている。ケリーは手早くブラジャーをはずした。

ピンクのドレスを着ると、肌がいやに白く映った。

ジェイクがちらりとふりむく。ケリーは神経質そうに身ごろのリボンを結んだ。ジェイクがこちらへもどってくる。ブラウスのホックに髪が引っかかって、ピンが数本抜けたとき、ケリーは顔をしかめた。バックミラーに目を向け、そこに映った顔のひどさに、ケリーはさらに眉根を寄せた。シニヨンに結っていた髪はいく筋もほつれ、メークは取れ、全身がべたつくような感じがする。

「ほら、使うといい」ジェイクがドアを開け、ポケットティッシュをさしだした。

何もかもお見通しなのね。ケリーはそう思いながら、べたつく肌をふいた。ヘアスタイルがくずれているのも気になる。ケリーは残りのピンを全部取り、ハンドバッグの中からブラシを出して、もつれた髪をとかした。もう一度シニヨンに結い直すのはめんどうなので、手早く三つ編みにし、ゴムでとめる。

「どうかしたの？」じっと見つめているジェイクにきいた。「まさか女性がブラッシングしているのを見るのが初めてというわけでもないでしょう？」

「変身ぶりにびっくりしてたんだよ」編んだ髪に触れる。「十六歳の女の子みたいだ……。もっとも……」

ジェイクの視線がケリーの体に移る。薄い木綿を通して、胸の形がくっきり浮きあがっているのを知り、ケリーは赤くなった。

「少しは楽になった？」ジェイクは彼女の胸もとから紅潮した顔に視線をもどす。

ケリーは渋い顔でうなずいた。

「それはよかった。ベンソン夫妻にぼくたちの仲のよさを印象づけるのにも効果があるだろうしね」

おもしろがっているような表情が、ケリーの中にくすぶっていた怒りの炎に油をそそいだ。

「本当はあなたといっしょに来るつもりはなかったのよ」ケリーは苦々しげに言った。「なのに、あなたが脅かすんですもの。まあ、理由はうすうす察しがつくけど」

「へえ？」

グレーの目がケリーを射すくめた。並んで座っていると息苦しいし、彼の一挙一動に心が揺れるのが腹立たしい。ジェイクに目覚めさせられた感情の動きを、ケリーはもてあましていた。

「教えてくれよ。きみの推測が当たっているかどうか聞かせてほしいね」

ジェイクは山猫が獲物をいたぶっているように、満足げににやにや笑っている。ケリーの怒りが爆発した。

「ええ、いいわ、教えてあげる。あなたがわたしとつき合うことによって、一生食べるのに困らずにすむと思っているなら、大まちがいよ。この休暇をいっしょに過ごしたからって、わたしの気持がどうなるものでもないわ！　もし、あなたが……」

「もういい！」

厳然とした声がケリーをさえぎった。その後に続いた不気味な沈黙に、ケリーは体を震わせた。

「単刀直入に話そう。ぼくが金目当てできみに近づいていると思ってるんだね？」

「あら、ちがうの？」ケリーは挑戦的にきき返す。「あなたって、見たところ高級志向らしいから」ケリーはロレックスの腕時計を非難がましく見た。が、彼の瞳に憤りの色がにじむのを認めて、すっと視線をはずす。

「気の毒な人だね。どうかしているんじゃないのかい。きみは金でぼくを買えるとでも思ってるわけ？　ああ、そうだろうね」ケリーが返事をする前に荒々しく先を続ける。「そうにちがいない。ケリー、きみは人間としてのきみを愛してくれる人が現れるなんて考えられないんだろう？　いいことを教えてあげよう」と軽蔑《けいべつ》しきったようにジェイクは言った。「きみの銀行口座は言うに及ばず、世界じゅうの金を積まれたって、きみと結婚する気にはならないよ。これでわかったかい？」ジェイクは乾いた笑い声をあげた。「まったく……冗談じゃない！」

ケリーは彼の憤慨ぶりに恐怖を覚えた。ジェイクには怒る理由なんかないはずよ、わたしの言ったとおりなんだもの……。

「じゃあ、どうしていっしょに来るって言いはったの？」

「どうして、だって？」苦いものでも味わったときのように、ジェイクは顔をゆがめた。「理由を話したところで、きみには理解できないだろうさ。ぼくに少しでも分別があれば、ここでUターンさせて、次のイギリス行きの飛行機に飛び乗るんだが……」

「そうしたら？　わたしもせいせいするわ」

「いとしいジェレミーと仲よくできるから、かい？　彼が独身なら、きみたち二人はお似合いだと思うけど、スーを傷つけるのはかわいそうだ。ぼくは彼女のために……」

スーのため！　ケリーはナイフで心臓を突かれたようなショックを受けた。その痛みは悲鳴をあげたくなるくらい、じわじわ広がってくる。わたしはいったいどうしてしまったの？　この人がなんだというの？　本来なら、わたしが彼を軽蔑してしかるべきなのに、彼のほうがわたしを軽蔑しているように見える。

「ケリー、どうしてきみはそう疑い深いんだい？」ジェイクは車のエンジンをかけた。「そりゃ、ご亭主を亡くしたことには同情するけど、世の中にはそういう女性はいくらでもいるし……」

ケリーを猜疑《さいぎ》心の強い人間にさせたのがコリンであることを話したら、ジェイクはなんと言うだろうか？　過去の出来事を思いだし、ケリーの体に震えが走った。コリンとのことはだれにも打ち明けてはいない。だれ一人として！　悪夢のような結婚式の夜以来、どんな男性をもその事実を語るほど近づけたことはなかった。が、ジェイクはかなり踏みこんできている……。彼に敵意を感じる理由はそれなのだろうか？　恐怖を隠そうとして、敵意を表面に出しているのだろうか。ケリーは愚かではなかった。もし、ジェイクに対してまったく関心がないなら、彼が何をしようと、心を乱されるはずはない。ケリーはジェイクを恐れると同時に、自分自身が怖かった。彼はケリーが長いあいだ、鍵《かぎ》をかけていた扉をこじ開けた。そして、体に触れられたとき、ケリーは過去の恐怖を呼び覚まされたのだ。

　ジェイクの愛撫《あいぶ》にどう反応したかを思い返すと、ケリーは体が熱くなった。それはまさに衝撃的な変化をもたらし、感情を解き放ち、彼女が不感症であるという神話を打ちくだいた。

　ケリーがもの思いにふけっているあいだに、車は何キロも進んでいた。ジェイクの心の内にくすぶっている憤りを感じながら、ケリーはシートに背を預け、体を硬くしている。幹線道路を離れ、林の中を進むうちに、木立のあいだにちらちらと海が見えてきた。

　まもなく開いたゲートのところで、車は曲がった。ちょうど車から降りたばかりのスーとジェレミーが建物の前に立っている。

「迷わず来られたのね！」

「きみがちゃんと教えてくれたからさ」エンジンを切りながら、ジェイクが温かな笑みを投げかけた。

ケリーの心が痛み、涙が出そうになる。どうしたというのかしら？　まさか、スーに嫉妬《しっと》してるわけではないでしょう！　ジェイクはジェレミーを寄せつけないために雇っただけの人よ。ケリーはコリンとの婚約時代でさえ独占欲の強いタイプではなかった。

「ケリー、顔色が悪いわね」スーが心配顔で言う。「どうかしたの？」

「少し頭痛がするの。心配するほどのことじゃないわ」

元気のないケリーと比べて、スーは急に生き生きとして見えた。ケリーがぐずぐずしているあいだに、ジェイクが車を降りて、助手席側に回り、ドアを開ける。さしだされた手につかまって外に出ようとしたとき、胸に彼の手が触れ、ケリーは思わず息をのんだ。火をつけられたみたいに体が熱い。ジェイクは目に皮肉な光をちらつかせ、口もとを固く結んでいる。まださっきのことを怒っているらしい。でも、いろいろ状況を考え合わせてみれば、金目当てで近づいてきた、とみるのが自然ではないだろうか。

「さあ、お部屋に案内するわ」スーが先に立って歩きだした。「パパが手配してくれたおかげで、なんでもそろっているのよ。この近くにイギリス人の住んでいる地区があって、そこにパパの知り合いがいるの。この別荘はパパが退職したときに買ったのよ。気に入ってもらえるんじゃないかしら」

家の中は想像していたより広く、窓から楕円《だえん》形のプールも見えた。

「ビーチはあるけど」ケリーの視線に気づいて、スーが説明する。「そこに行くまでが岩だらけなの。傾斜も急だし。ここがあなたたちのお部屋よ」スーはドアを開け、ケリーを中に通した。

かなり広い部屋で、コーヒーブラウンとピーチ色を基調とした落ちついた雰囲気でまとめられている。崖《がけ》と海に臨む窓からは松林も見渡せた。家具は籐《とう》のテーブルを挟んで置かれたツインベッドと椅子が数脚あるだけだ。

「バスルームはあそこ」スーが二つあるドアの一方を指さした。「隣のドアの向こうは更衣室よ。ダブルベッドじゃなくて、おあいにくだったわね」スーはにこりと笑った。

「いや、そうとはかぎらないよ」後ろからジェイクの声がして、ケリーはびっくりした。「狭いベッドでいっしょに眠るのも、悪くないと思うな」

ケリーは顔が赤らむのがわかったが、どうすることもできない。妙な想像をかきたてられ、全身が熱くなる。

「お二人は荷物の片づけをしていて。わたしは冷凍庫の食料を見てくるわ」

スーがいなくなると、不気味な沈黙が流れた。後ろにジェイクがいるのがわかっていても、ふり返ることができない。ドアの閉まる音が銃声のように耳に響き、ケリーは反射的に首をふりむけた。

「今度は、二人別々の部屋でやすみたいと言いだすんじゃないかと思っていたよ」ジェイクが皮肉たっぷりに言った。

「そうしようと思ったんだけど、ジェレミーに疑われるのもいやだから……」

「そりゃそうだ。もっとも、彼みたいな男はきみにぴったりなんだけどねえ。既婚者だから、金をねらわれる心配はない」

「ジェイク、何をそんなに怒ってるの？　わたしにはわからないわ」

「わからない、だって？」ジェイクは信じられないと言いたげに、声をあげて笑った。「ケリー、きみはそんなにうぶじゃないだろう？　男に対する最大の侮辱行為を働いておいて、ぼくが怒っている理由がわからない、だなんて！」

「だって、そう考えるのが当然だと思うわ」ケリーは弁解した。「とくにあなたが……」

「なんだい？」

ケリーは余計なことを口走ったのを悔やんだ。乾いた唇を舌の先で濡《ぬ》らし、力をこめて両手を握りしめる。

「あなたが……わたしを愛そうとしたとき……」

「きみを愛する？　ちょっと待ってくれよ。ケリー、あれは愛情表現なんかじゃないよ！」

たしかにそのとおりだ。ケリーは屈辱的な苦痛を覚えた。あれは愛情とは関係なく、彼みたいな男が習慣として行う行為にすぎないのだ。

「だけど、途中で中断されたんだから、借りができたことになるな。ぼくは借金をするのは大嫌いでね……」ジェイクは三歩で歩みよると、片方の手をケリーの後頭部に当てて身動きを封じ、もう一方の手を喉に這《は》わせた。ゆっくりと彼女の頭をのけぞらせ、表情を観察する。

恐怖の戦慄《せんりつ》がケリーの体内をかけぬけた。コリンに同じことをされた覚えがある！　ジェイクの顔が近づいてきたとき、ケリーは全身の筋肉をこわばらせた。

「やめて！」ジェイクのグレーの瞳が光り、口もとが引きつるのがケリーの目に映る。

「やめる？　借りを返してほしくないわけ？」ジェイクの唇が喉に触れたとたん、一瞬にして恐怖が歓《よろこ》びに変わった。

「ジェイク……」

抗議のつもりで発した声が、懇願の響きに聞こえた。少なくともジェイクはそう理解した。あいているほうの手をワンピースのネックラインにすべりこませ、胸のふくらみをとらえる。

「ジェイク！」ケリーは彼を押しやろうとしたが、意思に反して、彼女の指はシャツの下に吸いこまれ、広い胸に触れていた。理性を失い、ケリーの頭には彼のたくましい肉体の感触しかない。

ジェイクの手が胸もとを離れ、ケリーの体を引きよせる。彼が舌の先でケリーの下唇をなぞると、彼女はキスを求めて、唇を少し開けた。

ケリーは甘美な世界に引きこまれ、彼女自身の欲望を彼に伝えようと、体を弓なりにした。

と、突然、ジェイクがケリーの体を引き離した。あまりに唐突だったので、ケリーは思わず彼の肩にしがみついた。
「よせよ、ケリー」ジェイクはゆっくりと言って、まだ燃えているケリーの体に視線をさまよわせた。「借りは返したよ。ぼくはボディガードとして雇われたんだからね。恋人としてじゃないんだ。忘れないでくれよ」

　吐き気に似たものがこみあげてきて、屈辱感が体じゅうに広がった。ジェイクはわたしが彼に惹かれているのを知っていた！　わたしに恥をかかせるために、わざと気持をたきつけたのだ。

「あなたなんか嫌いよ！」ケリーは憎々しげに言い放った。「許せないわ！」

「嘘《うそ》つきだな」ジェイクは穏やかな口調で言った。「だいたいぼくのことを少しもわかっていないじゃないか。いつかきみも、過去の幻を追って生きるのをやめ、自分がさまざまな感情を持ち合わせた生身の人間であることを知るようになるだろう」

　ケリーが何も言わないうちに、ジェイクは部屋を出ていった。ケリーはバスルームに飛びこみ、震える手でシャワーの栓をひねった。どんなにこすっても、ジェイクの手の感触や甘美な世界の感覚を洗い流すことはできなかった。

6

眠りから覚めたケリーは、隣のベッドに横たわっている男の姿を認めて、体をこわばらせた。ジェイクは日に焼けた褐色の肩を、薄い木綿の上がけから片方だけのぞかせて眠っている。ケリーは彼がいつベッドに入ったのか知らなかった。夜になって、ますます頭痛がひどくなったため、先に寝室へ引きあげたのだ。体が重くて、だるい。なんだかむなしい気がする。プールにでも入って一泳ぎすれば、気分がすっきりするだろうか。

ケリーがベッドをぬけだし、衣類をまとめているあいだも、ジェイクは身動き一つしなかった。二人の寝室は直接プールサイドに通じている。ケリーは静かに外に出、ほっと息をついて腕時計を見た。まだ七時にもなっていない。一人きりの時間を少し持てそうだ。空気は心地よい暖かさをはらみ、小さな白い雲が微風に追われていく。

休暇を海辺で過ごすのは何年ぶりだろうか。こちらに来る前に新しい水着を買った。ビキニは着ないと決めていたが、この水着を買ったときにはそれほどだとは思わなかったのに、着てみるとかなり露出度が高い。胸もとが深く開いていて、バストが強調され、サイドの部分はハイレッグカットになっている。これほど肌があらわになると知っていたら、ぜったいに買わなかったのに……。青い水面に映る姿を見て、ケリーは思った。

ケリーは少し泳いだ後、仰向けになって水に浮かび、体の緊張をほぐした。ジェイクとのことで思いわずらうなんて、ばかみたいだ。彼はハンサムで経験豊かな男性なのだから、惹《ひ》かれるのは当然ではないか。いっしょにコルフ島へ来たのは失敗だったかもしれないが、ケリーさえ分別を失わず冷静でいれば、何も心配することはない。ケリーの非難の言葉に対するジェイクの態度や報復行為を思いだし、ケリーは唇を噛《か》みしめた。体が震える。急いで向きを変えて泳ぎはじめ、プールサイドに上がった。

「おはよう」

顔を上げ、ジェイクの姿が目に入ったとき、体じゅうがそうけだつ思いがした。クリーム色のジーンズに、胸もとを大きく開けて、くつろいだ雰囲気でシャツを着こなしている。ケリーには日なたぼっこをしていた山猫が獲物を見つけ、凶暴な肉食動物と化して忍びよってきたように感じられた。

ジェイクはケリーより先にバスタオルを取りあげ、彼女の肩にかけた。その手は彼女の濡《ぬ》れた肌の上に置かれたまま、骨格をなぞりはじめる。ケリーの体に震えが走り、彼のグレーの瞳に嘲笑《ちょうしょう》の色がちらついた。

「その水着、だれが選んだの？」ジェイクはケリーの体を眺めまわした。

「自分で選んだのよ」

「試着もしないで？」

「なんでそんなこと、きくの？」ケリーはむっとした顔できき返す。

「とてもセクシーだからさ」ジェイクは間延びした声で、どうということはないという表情をしたが、目だけはきらりと光っていた。「セクシーすぎて……」ケリーの肩に置かれていた手に力がこもり、ぐいと彼女の体を引きよせたかと思うと、息もつけないくらい激しいキスで唇をふさいだ。

抗《あらが》おうとしたのもつかのま、ケリーの口もとから力が抜け、魔法にかけられたように官能の世界へ引きずりこまれた。ジェイクの唇が口から喉へと移ったころには、体じゅうが熱くほてり、抵抗しようという気力さえうせた。ケリーは自分で自分のことが理解できなかった。ジェイクが近づくだけで、心がとけてしまう。というよりは、ちょうど今のように体全体が熱に包まれて麻痺《まひ》してしまう、と言うべきだろうか。不意に、ジェイクはケリーの体を引き離した。ケリーの手は彼の胸もとから彼のシャツの折り返しへとずらされ、小刻みに震えている。

「あら、お邪魔しちゃったかしら？」スーが好奇心のこもった視線を向けた。

「一泳ぎして、今上がったところなの」平静を装おうとして、ケリーはいやに饒舌《じようぜつ》になった。「いい気持だったわ。ジェイクは……」

「ケリーが何をしてるのか見に来たんだ。プールじゃちょっと人目が気になって、ぼくの望むようには泳げないけどね」

　スーはにやりと笑った。「今夜パーティに招待されたの。それをお知らせしておこうと思って。この近くに住んでいて、パパが親しくしてる人がいるの。ゆうべパパが来てるんだと思って、パーティの誘いの電話がかかってきたわ。この休暇のあいだはわたしたちが借りてることを話したら、代わりにわたしたちを誘ってくれたの。楽しいわよ、きっと。テレビのプロデューサーのカーン・レイマンの別荘なのよ。彼、ヨットも持ってるんだから」

「いいねえ」ケリーが口を開く前に、ジェイクが同意を示した。

「そうでしょ？　じゃ、ジェレミーにも伝えてこなくちゃ。喜ぶわ」スーは顔をしかめた。「仕事の話をするチャンスだと思うんじゃないかしら。二人とも朝食までゆっくりしててね」スーは足早にもどっていった。

「どうやらスーは中断させて申しわけないと思ってるようだな」ジェイクがからかうような口ぶりで言った。「彼女の期待にそわなくちゃ悪いかな」

「よしてよ。それより、パーティのこと、ずいぶんあっさり承知したものね」ケリーは激しい調子でなじった。「わたしの目はだまされないわよ。わたしがどうもかもになりそうもないので、あきらめて方針を変更したのね。パーティで適当な人——手遅れになるまで真相に気づかない人——をさがそうというわけでしょう」

「ある意味では当たってるよ、ケリー」不気味な沈黙が漂い、ケリーの鼓動が速くなる。しばらくたって、ジェイクはようやく先を続けた。「〝あきらめた〟という点ではね。きみもわかっているように、最初ぼくはきみが気の毒だと思った。でも、今はそんなふうには思ってない。何もかもきみが自分で招いたことなんだから。さあ、先に部屋へもどるといい」冷酷な口調でつけ加える。「そんな目をするなよ。ぼくはきみの体に指一本触れやしない。どうも見当ちがいをしているようだね」ケリーの顔がこわばるのを認めて、さらに責める。「ちがう？　きみは本当はぼくみたいな男を求めてるんだよ。認めたくはないだろうけどね。ケリー、欲望は理屈で割りきれるものではない。コンピューターではじきだして、自分にぴったりな人間といい関係になれるものではないんだ」

「とんでもないわ！　あなたなんか……」ケリーはむきになって否定した。「わたし、あなただけじゃなくて、男の人なんかだれも求めていないわ。今は……いえ、ずっと！」

「いっしょにショッピングに行かない？」

スーに誘われて、ケリーは顔を上げた。「はじめの二、三日は何も買う必要がないって言ってたんじゃなかった？」

「あら、食料品じゃないの。服よ。今夜のパーティ用のドレスを買わなくちゃ。ちゃんとした服は持ってきていないの」ため息をついた後、急に真顔になる。「ドレスを買うなんて、ひさしぶりだわ……。ずっとマタニティーばかりだったでしょう」

ジェレミーがゴルフをやろうと言って、無理やりジェイクを連れていったので、テラスには女性二人が残されていた。

「いろいろ考えてみて……もし、ジェレミーがわたしに飽きたのなら、その責任はわたしにある、と思うようになったの」スーが話しつづける。「こちらへ来る前に、父からバースデープレゼントとして小切手をもらったのよ。コルフ島にはすてきなブティックがいくつもあるでしょう？　ここに住んでいるギリシアの大金持のために、パリ直輸入のファッションが並んでるわ。ねえ、いっしょに行って、見てくれない？」

「それなら、わたしも新しいドレスを買おうかしら。カジュアルなものしか持ってきていないもの」

「そうよ。うんといい印象を与えておけば、仕事にも結びつくかもよ。ねえ、ジェイクとの仲、真剣なんでしょう？　本気で結婚を考えてるんでしょ？」

「えっ？　まだ、そんなところまでは……」ケリーはスーに嘘《うそ》をつくのがつらかった。

「そう。彼、あなたにぞっこんね。あなたを見る目つきを見たら、すぐわかるわ」スーがため息をつく。「あなたがうらやましいわ。恵まれていて……いえ、経済的なことじゃないのよ。あなたは一人の人間として、自立してるわ。独力で生きてる。わたしなんか、ジェレミーにくっついている影みたいな存在にすぎないのよ」

「ばかなこと言わないで」ケリーはたしなめた。

「正直なところ、一人で生きていると、ときどきすごく孤独を感じることがあるのよ。仕事の成功と引きかえに高い代償を払ったなあって……。とくに最近はね」

「そうは見えないけど。さあ、ショッピングに出かけましょうか？」

「そうね。車で行くの？」

「ええ。バスは不規則だから、ジェレミーのレンタカーで行きましょう」

三十分後、スーは店の前の道路わきに車をとめ、二人は車から降りた。強烈な日ざしがブラウスの薄い生地を通して、全身に突き刺さる。ケリーは帽子とサングラスを持ってきてよかった、と思った。

「暑いわね」スーが先に立って歩きだした。「この店に入ってみましょうよ」

スーが足をとめたのは、ウインドーにシルクのスーツが一着だけ飾ってある小さなブティックだった。店の中はグレーとシルバーで統一され、オーソドックスなフランス製の服に身を包んだ女主人が歩みよってきた。

スーはパーティ用のドレスをさがしていることを説明した。「シンプルで、それでいて人目を引くようなドレス、ないかしら？」

何着か見せてもらい、スーは淡いライラックブルーのシルクのドレスが気に入った。スーが試着しているあいだ、オーナーはケリーに似合いそうなドレスを数着持ってきた。ケリーはその中のピンクのぼかしのドレスに心が動いた。やはり素材はシルクで、肩ひもが細く、背中が大きく開き、バイヤスで取ったスカートの部分がエアコンの風にやさしく揺れている。淡いピンクからシクラメンのような濃いトーンまでの色使いが、女らしさを添えている。気持をそそられ、思わずケリーは手を伸ばした。いつかこういうドレスを欲しいとは思うけれど、今はちょっと……。

「これはうちでしか扱っていないオリジナルなんですよ。試しにお召しになってみません？」

ケリーが断ろうとしたとき、スーが熱っぽくすすめた。「そうなさいな。きっとすてきよ」

だから困るのだ。似合うのはわかっていた、とケリーは試着室の鏡を見ながら、眉をひそめた。まるであつらえたようにサイズはぴったりで、色もケリーの肌によく映えた。

「とてもすてきだけど……」ケリーは言いよどんだ。

「〝だけど〟はなし！」スーがさえぎる。「それになさいって。次は美容院へ行きましょう。今夜はジェレミーとジェイクの目をほかの女性に向けさせないわ」

高価なドレスが二着も売れたので、オーナーは気をよくして、美容院を紹介してくれた。ヘレナという美容師にマニキュアをしてもらいながら、ケリーはやはり専門家はちがう、と感心した。ヘレナはドレスによく合うピンクに爪を塗ったあと、控えめな口調でささやいた。

「髪型はおろして、片側を櫛《くし》でとめるようになさるとよろしいと思います」

「そうだわ、ケリー」スーが賛成した。

ケリーもそのヘアスタイルは気に入った。もっとも自分から進んで選ぶスタイルではない。長い髪をパールのついた櫛でとめたそのスタイルは、セクシーな感じがする。唇はふっくらとし、瞳がうるんで見える。まるで……まるでキスを待っているようだ。

「ケリー、すばらしいわよ！」

ケリーはスーにあいまいな笑みを返した。

二人が別荘へもどったときには、夜のとばりが下りはじめていた。男性二人はゴルフ場で夕食をすませて帰る予定なので、時間がたっぷりある。二人は午後ずっとショッピングを楽しみ、軽く食事もすませてから家路についた。

二人の乗った車が別荘に着いたとき、まだジェイクたちの車はもどっていなかった。パーティは九時からなので、支度をするのにじゅうぶん時間がある。けれども、ケリーはすぐに二階へ上がって着替えをし、ジェイクがもどるまでに身支度を整えておきたかった。いったいどうしたというのだろう。同じ部屋を使い、一つのベッドでやすんだこともあり、彼の愛撫《あいぶ》に情熱的に応《こた》えたというのに、なぜか恐ろしさを覚える。が、コリンに対して感じた恐怖感とは質が異なる。ケリーは落ちつかない思いで服を脱ぎ、頭の上で髪をとめて、シャワーの栓をひねった。

　メイジーがプレゼントしてくれた香りのいいボディシャンプーをふんだんに使う。どんなに禁欲的な生活をしているときでも、香りを楽しむというぜいたくだけは自分に許していた。コリンから香水を贈られたことはなかったので、香りがいやな思い出を呼びもどす心配はない。体のすみずみまでボディシャンプーをつけ、シャワーの下に立っていると、芳香に包まれ、えも言われぬセクシーな気分になっていく。まぶたを閉じたら、このほてった体にジェイクの手が触れ、胸の先にキスをし、体じゅうに唇を這《は》わせるところを想像してしまいそうだ。寝室のドアの開く音がして、ケリーは現実に引きもどされた。ケリーの体が彼を求めていることを指摘されたのを思いだし、顔が赤らむ。

「ケリー？」

　名前を呼ばれて、ケリーが体を硬直させ、急いでシャワーをとめて、バスタオルに手を伸ばした。

「ここにいます」緊張のあまり、喉がからからだ。バスルームのドアを開けられたら、この姿を見られてしまう。もしそんなことをされたら、経験豊かな彼の目はケリーの体が高ぶっているのを見ぬき、悪くすると、その理由まで見すかされてしまうかもしれない。この感じは時差ぼけに似ている。コリンとのときは一度も味わったことのない感覚だ。ケリーは官能の芽生えをすぐにつみ取ってしまい、それが自分の体内で起こったことだと認めようとしなかった。そのつけが今ごろ回ってきたのか……。

ドアの向こうに人の気配を感じて、ケリーはあわててローブをまとった。「入ってこないで。すぐ出ます」

ケリーが言いおわるかおわらないうちに、ドアが開き、ジェイクが入口にもたれかかった。

「入らないでってお願いしたでしょう？」ケリーはかりかりした様子でローブのひもを締めようとする。「聞こえませんでした？」

「いや、ちゃんと聞こえたけど、きみといっしょにいるうちに、そういう言葉は逆のことを意味するらしいとわかってきたからね。雇われている身としては、従う以外にどうしたらいい？」

〝雇われている身〟という言いかたには皮肉がこめられていた。怒りをちらつかせた瞳を見て、ケリーの思考力と行動力が停止する。

「どうしたんだい？」ジェイクが低い声できいた。「きみは自分の命令に従わない男に出くわすと、どうしていいかわからなくなるのかな？　主導権を握って、思うままに相手を動かすのが好きなんだろう？　男心をそそり、苦しめた後、金を払って〝はい、さようなら〟か。ぼくはそうはいかない」ジェイクは腕を組み、薄笑いを浮かべて、ケリーを観察した。「抱いてほしければ、今度は頭を下げに来ることだね」

「頭を下げる？」逆上したケリーは分別を失っていた。「だれがあなたに頭を下げたりするものですか！　それに」ケリーは勝ちほこった顔でつけ加えた。「男の人が欲しかったら、いつでもジェレミーがいるわ」

「そうか……」ジェイクの口もとが引きつる。「ぼくにはきみがわからない。一度はきみがスーのことを気づかって、ジェレミーの本性をスーに知らせないよう、かばっているのかと思ったんだが、どうやらスーから夫を奪って、優越感に浸っているらしいね」

「なんてことを言うの……。あなたをここに連れてきた理由は一つ、たった一つよ。そのためにお金を払っているんだし、もしあなたが……」

「身のほどをわきまえないなら、解雇する、かい？　だめだよ。そんなことをしたら、どうなるか……」

「スーにジェレミーのことを告げ口するつもり？　わたしが本気であの二人を離婚させたかったら、あなたの手を煩わすまでもないでしょう？」

「そうだね。きみは彼女の人生をめちゃめちゃにして平気でいられる女性だ。親友の結婚をぶち壊して、亭主を奪う役回りがぴったりだ。たしかにぼくがスーに告げ口する必要はない」

「なんて傲慢《ごうまん》な……。あなたは自分がまちがっているとは思ってもみないの？」

「どうして思わなくちゃいけない？」ジェイクは冷ややかに切り返した。「きみだって思っていないだろう？」

謎《なぞ》めいた言葉をつぶやきながら、ジェイクはケリーの前を通りすぎ、ケリーの体に軽蔑《けいべつ》のまなざしをそそいだ。

「〝シャワー上がりの濡れた体〟か。かなり古い手だね。ボディガード以上の役目を要求するなら、そのぶん金も高くなるよ」

ケリーは反射的に手を上げた。静寂を破って、あたりに大きな音が響いた。ジェイクの褐色の頬に白い手形が浮かび、やがて消えると同時に顔全体が紅潮した。

「だめだよ。そうはいかない」立ち去ろうとするケリーにジェイクの声がおそいかかる。彼はケリーを後ろの壁に押しつけ、険しい目でにらみつけた。

「ジェイク、お願い！」この恐怖に駆られたかすれ声は本当にケリーの声なのか？　ジェイクは片手を離して、ゆっくり彼女の頭からピンを抜き取った。長い髪がさっと肩に広がる。ジェイクの親指があごのラインをすべり、目と目が合うように、うつむきかげんのケリーの顔を上向きにさせる。彼の瞳の奥には恐ろしい怒りの炎が燃え、この優しいしぐさは彼女が平手打ちをくわせたことに対しての報復であることを物語っていた。

「そうだよ、それでいいんだ」不気味な声に、ケリーは彼を突きとばして逃げだしたい衝動に駆られた。ジェイクはケリーのローブの胸もとをぐっと押し開き、胸のふくらみをあらわにさせた。「ぼくを引っぱたく必要はなかったんだよ。前にも言ったように、頼みさえすればいいんだ」

　ジェイクは顔を近づけ、ケリーがかわすまもなく、唇を奪って責めるようにキスを続けた。やがて、ケリーの口からあえぎ声がもれ、彼の首に腕が回される。ケリーは耐えきれなくなったように体をしならせ、歓《よろこ》びの吐息をもらした。

「だめだよ……。そう簡単にはいかないよ」

　突然、ジェイクの体が遠のき、ケリーは自由になった。欲求不満に体はうずき、心はジェイクにたきつけられた情熱をどう処理したらいいのか困惑している。

　自分自身の欲望の強さと、ジェイクの怒りにショックを受け、ケリーは夢中で寝室に飛びこんだ。後ろでバスルームのドアが静かに閉まった。

　鏡の前に立ち、スタンドの明かりに映しだされたくしゃくしゃに乱れた髪や青ざめた顔を見つめた。唇はふくらみ、あわてて身につけた下着の上からも、胸の先が硬くなっているのがわかる。ケリーは鏡の中の女性が自分だとは思えなかった。ヘアスタイルのせいだけでなく、表情の一つ一つが自分らしくない。とくにふだんとちがい、ケリーが恐怖すら感じたのは瞳の色だ。濃い色合いを帯び、紫に近い色になっている。そして、肌のつや。今のケリーを目にした男は、彼女が会社の経営者であり、何年間も感情を抑えた生活を送ってきたなどと、だれも信じてはくれないだろう。まるで他人を見ているような気がする。見慣れた部分を持った不思議な他人……。ケリーは乾いた唇に、神経質そうに舌の先を這わせた。向こうからケリーを見返している女性――本当にまったく見覚えがないだろうか？　ずっと昔、ケリーがまだ十代で、コリンへの愛に胸をときめかしていたころ……。

「いや！」

　ケリーには声を出したという意識がなかった。絶望のあまり、喉の筋肉からしぼりだされた音にすぎない。

「ケリー、三十分後に出かけるけど、あなたたちは支度できた？」

　廊下でスーの声がした。ケリーは平静を装って返事をしたが、声の震えは抑えられない。十分ほどたって、ケリーはおぼつかない手つきで、アイメークに取りくんだ。メークのせいか、光線のぐあいなのか、ケリーの瞳は色濃く、エキゾチックに見える。シルクの布地が肌をかすめる感触はジェイクの愛撫を思いださせたが、ケリーは懸命にその記憶を押しやり、わざと力いっぱいブラッシングして、片サイドの髪を上げ、パールのついた櫛でとめた。

　バスルームのほうの気配に気づき、ケリーはバッグをつかんで、戸口に向かった。ジェイクがもどってきたとき、いっしょに寝室にいたくなかったし、とにかくもう彼と同じ部屋を使うのはいやだ。スーにどう思われようとかまわない。部屋を別にしてもらおう、と心に決めた。よく眠れないので、ジェイクに迷惑をかけたくない、とかなんとか口実をつけられるだろう。

「まあ、ケリー、すてき！　ねえ、ジェレミー？」

スーは同意を求めて、夫を振り返った。

　全身にジェレミーの視線がそそがれ、ケリーは不快でしかたがなかった。

「みごとなものだ。すっかり氷が解けたね！　どうやったのか、ジェイクに教えてもらわなくちゃ」

　スーの明るい笑い声が室内に響く。なぜ彼女は夫の目にちらつく怪しい光に気づかないのだろう。ジェレミーもあれだけ拒絶したのに、少しも意に介していない。男の人って、甘やかされた子供みたいだわ！

「ほら、ジェイクが来たわ。きいてみたら？」スーがジェレミーをからかった。

　ジェイクは筋肉質の長い脚にぴったりしたクリーム色のズボンと同色のシャツに着替え、ボタンをはずした胸もとからはカールした毛がのぞいていた。ジェイクのたくましい男性的な姿に比べると、ジェレミーは軟弱で、病的な感じすら受ける。

「ぼくに何をきくんだって？」にっこりほほ笑みながら、スーのドレスをほめた。スーの頬がピンクに染まるのを見て、ケリーは鋭いナイフの先でつつかれたように胸が痛んだ。

「氷の女王《アイスクイーン》をどうやってセクシーガールに変えたかということさ」

　ジェイクはケリーの隣に来て、腰に腕を回した。彼の体を包んでいる男っぽい匂《にお》いが鼻をついたとき、ケリーは思わず身をすくませた。

「むずかしいことじゃないよ」ジェイクは静かな声で言って、目もとを和ませた。「相手に対してケリーが愛情を持てるかどうか、それだけさ。ねえ、ケリー？」

　すぐ近くで爆弾が破裂すると言われたとしても、ケリーは身動きできなかったろう。愛情！　瞳を見開き、こみあげてくる苦痛と闘う。ジェイクを愛してなんかいないわ！　とんでもないわ。どうして愛情なんか持てて？

四人は徒歩でパーティ会場の別荘へ向かった。スーの父親の別荘よりはるかに大きく、庭も海岸までの土地も自分の所有地で、ヨットハーバーまで持っているという。

庭園は日本風の無数のちょうちんで照らされていた。太陽の光がないと香りの発散が強まるのか、野生のたちじゃこうそうや木々の芳香が鼻をくすぐった。

初めてギリシア人がやってきたとき、この島の様子はどんなだったのだろうか、とケリーは想像をめぐらした。が、木の切り株につまずいたジェレミーが悪態をつき、ロマンチックな気分はそがれた。

「歩いていこうなんて、きみがばかげた考えを起こすからだよ」ジェレミーは妻に当たる。

すると、驚いたことに、ジェイクがスーをかばった。「実は言いだしたのはぼくなんだ」

「へえ、午後じゅう歩きどおしだったのに、まだ足りないのかい？　十八ホール回ったんだよ」

「まあ、一ラウンドもつき合わされたの？」スーは哀れむような目で、ジェイクを見た。「うちの人、ゴルフ中毒にかかっているみたいなのよね。本人は仕事のためにやってる、と言うんだけど。あなたもしょっちゅうプレーなさるの？」

ジェイクがスーに笑顔を向けたのを見て、ケリーはジェラシーに胸を締めつけられた。

「それほどでもないよ。スカッシュのほうが好きなんだ」ジェイクは答えた。

「殊勝なことを言うのはよせよ」ジェレミーが横から口を出す。「ぼくを負かすほどの腕前なくせに」

ケリーは思わず口もとをほころばした。ゴルフに関しては、ジェレミーはかなり自信を持っている。これまでどれだけ自慢話を聞かされたことか……。

そのジェレミーが負けを認めるのを見るのは愉快だった。

「もうすぐそこよ。あそこにプールがあるでしょ」スーはほっとした顔で言った。「オリンピックで使われるのとまったく同じ大きさなんですって。もっともあのプールはめったに使わないらしいけど」

　階段を数段上がると、プールサイドが目に入った。もう何人かが集まっている。プールは細長い八角形で、ハリウッド映画に出てくるプールのように、屋内とつながっている。

「ああなっているから、冬でも泳げるのよ」スーは説明を加えた。「大きなガラス戸で仕切られてるでしょう？　ずいぶんお金がかかっているんだと思うわ。ほら、ちょっと後ろを見て」

　白いあずまやが浮かんでいるように見える。ケリーは息をのんだ。

「すごいでしょう？」スーが笑いながら言った。

「まるでハリウッドの大富豪よね。三代目だか四代目だかのレイマン夫人が、もともとここにあった建物を壊して、この屋敷を建てさせたの。中は入ってからのお楽しみ。カーン・レイマンはビザンチン風の宗教関係の品々の熱狂的なコレクターなのよ。革命のときに、ロシアから持ち出した聖画像《イコン》も何枚かあるわ。そうとう価値のあるものよ。もっとも、彼はその何倍もの財産家だけど」

「どうやらきみの好みのタイプみたいだね」ケリーの耳もとで、ジェイクがこっそりささやく。「彼なら、金が目当てできみを求める心配はない」

「そのとおりかもね！」ケリーは怒りを抑え、くいしばった歯のあいだから押しだすように言った。

「ジェイク！　まあ、ジェイクじゃないの！　こんなところで何してるの？」

　プールサイドにいた人々の中から、ぴちぴちしたブロンドの娘が駆けよってきて、ジェイクの胸に飛びこんだ。十八歳ぐらいだろうか。ケリーは心臓をわしづかみにされたようなショックを受けた。それは否定しようのないジェラシーそのものだ。

「おやおや」ジェレミーが嘲《あざけ》るように言う。「彼の過去から何か出てきたみたいだぞ。気をつけたほうがいいよ」わざとらしくケリーに忠告する。「現在と未来までも、あの子に横取りされてしまうかもしれないぞ」

「ジェイク、会ってもらいたい人がいるの。いっしょに来て……。ちょっとジェイクをお借りしてもいいかしら？」ブロンドの娘はえくぼを浮かべた笑顔をケリーに向けた。

「ええ、どうぞ」笑みを返したつもりだったが、ケリーの顔はこわばり、不自然な作り笑いになっていた。

「すぐにもどるよ」ジェイクはブロンドの娘の肩に手をかけ、歩きだした。ジェイクを見あげる彼女の表情が愛に輝いていることを、ケリーは認めないわけにはいかなかった。

「どうしてジェイクはあの子を紹介してくれなかったんだろうな」ジェレミーは思わせぶりにケリーを見る。ケリーが歯をくいしばり、何も答えずにいると、再びジェレミーが口を開いた。「ちょっと問いつめてやったほうがよさそうだな。ケリー、きみみたいに金のある女性は気をつけるに越したことないんだよ。きみがまただまされるのを見るのはしのびないからねえ」

ケリーの顔色が変わった。テラスがぐらぐらと揺れ、パーティの音楽やざわめきが轟音《ごうおん》と化したような気がする。必死に平静を保とうとつとめ、苦しまぎれに問い返した。「〝また〟って、どういう意味？」

「ケリー！」ジェレミーは心底おもしろがっているようだ。この楽しみをいつから大事に取っていたのだろう。「会合で会ったとき、イアンから聞いたんだよ。たまたまきみの名前が出てね。コリンが財産目当てにきみをだましたいきさつを教えてくれた」

「ジェレミー！」スーがとがった声を出した。しかし、不思議なことに、ケリーは気にならなかった。昔の話が出ても、以前の苦痛は薄れている。ジェレミーがイアンから何を聞こうと構わなかったし、コリンが彼女を愛していなかったと指摘されても、少しもこたえない。ケリーの心にあるのは、コリンとのことでずいぶん長い時間、人生をむだにしてしまったことへの後悔だけだ。

「いいのよ、スー」ケリーは穏やかな声で言った。「ジェレミーの言うとおりなの。コリンは財産目当てでわたしと結婚したの」

「でも、ジェイクはコリンとはぜんぜん似ていないわ」スーはいきりたっている。「ジェレミーがなんで引き合いに出したのか、理解できない。たぶん、ゴルフで勝てなかった腹いせよ」

スーの剣幕に、ジェレミーは信じられないと言いたげにぼんやりした顔をしている。ケリーはそれを見て、いい気味だと思った。

「ジェレミー、ケリーに謝りなさいよ」スーが続けた。「あら、救われたこと、ホストがいらしたわ」

「やあ、スーザン。見るたびに美しくなるねえ」カーン・レイマンは白髪まじりの、押しだしのりっぱな男性だった。

「まあ、お上手だこと、カーン。でも、あなたが嘘をついているのは、言ってるほうも言われているほうも承知のうえね」

カーン・レイマンはスーと抱擁を交わした後、ジェレミーと握手をし、それからケリーに視線を移して、にっこりほほ笑んだ。

「あなたは一人でおいでになったのかな？」スーがケリーを紹介したとき、カーンは尋ねた。

「彼女はたった今」ジェレミーが悪意のこもった口ぶりで説明した。「ブロンドの小娘にパートナーを奪われたんです」

「本当？」カーンは半開きになった目で、もう一度ケリーを凝視する。「それじゃ、わたしにバーまでエスコートさせてください。スー、勝手はわかってるね？」

7

「ふだんは何をしているのかね？」カーン・レイマンはケリーに尋ねた。

　二人はテラスのテーブルに腰を下ろし、ドライマティーニの入ったグラスを傾けている。スーとジェレミーの姿を見失ってしまい、どこにいるのかわからない。ジェイクだけは視野の端に、ぼんやりと映り、ケリーは彼の隣に寄り添っているブロンドの娘に胸をかきむしられる思いがした。

「あの……広告関係の仕事をしています。会社を経営しているんです」ケリーは簡単に答えた。

「女実業家か。それはいい」カーン・レイマンはケリーのほうへ体を寄せた。「実は今、わたしたちが手がけているドキュメンタリー作品のイギリスでのパブリシティーをさがしているんですよ。やってみる気はないかな？」

「もっと詳しくうかがってからでないと……」ケリーは慎重だった。「全力で取り組める仕事しか引き受けないことにしてるんです。お客様といいかげんなお約束をするわけにはいきませんし、いったんお約束したら、きちんとやり通さなくては気がすみませんから」

「いいねえ。それこそわたしの聞きたかった台詞《せりふ》だ」カーンは熱っぽく言った。「きみとはうまくやっていけそうな気がする。どうかな、わたしのヨットの中で詳しい相談をしては。あそこなら邪魔される心配はない。どうだね？」

ケリーは本能的に断ろうと思った。が、人垣を見渡したとき、体と体をくっつけるようにして踊っているジェイクとブロンドの娘の姿が目に入り、ジェラシーの炎が燃えあがった。ケリーは手負いの獣のように、ただその場を逃げだしたかった。踊っている二人に視線を釘《くぎ》づけにしたまま、ぼんやりとつぶやく。「ええ……いいわ……」

「よし。じゃ、行こう」ケリーはカーン・レイマンの後について、小道を歩きだした。庭園の向こうに月の光を受けた水面が見え隠れしている。遠方には大きな白いヨットが見え、船首から船尾まで明かりがともされている。

「これに乗って」カーンは桟橋につながれている小型モーターボートを指さした。二人はモーターボートに乗って、ヨットに向かった。「この入江はかなり深いんだが〝メアリ・ベリンダ号〟を係留できるほどの深さはない。あの船は三番目の妻の名前を取ってつけたんだが、名前をしょっちゅう変えるのがめんどうなので、彼女と別れて長い年月がたった今も、船名だけが残っている」

小型モーターボートは騒々しい音をたてながら、ヨットに近づいていく。ケリーはミッドナイトブルーの水面に映る星に目を奪われていた。モーターボートが進むにつれて、波はきらきら揺れた。

「夜間は乗務員《クルー》も休ませている」カーンはボートからヨットに移りながら、説明した。ケリーのうっとりした顔を見て、いたずらっぽい笑みをのぞかせる。

「船内を案内してあげよう。この船はわたしの最高のおもちゃだ。誇りに思っているよ」

船内を見て、ケリーはカーンがこの船を自慢するのも当然だ、と納得した。一とおり回った後、〝メインサロン〟と呼ばれる部屋に通された。応接間といった雰囲気で、淡いグリーンとクリーム色で統一されている。

「まあ……映画に出てくる部屋みたい」ケリーは感嘆の声をあげた。「浮かぶ豪邸ね！」

カーンが笑った。「コルフ島へ寄港するヨットを見てごらん。この船がちっぽけに思えるから。そうそう、まだプライベートルームを案内していなかったね」

ケリーは笑顔でカーンの後ろについてドアを抜け、分厚いクリーム色のカーペットを敷いた廊下を進んだ。

カーンが開けたドアの向こうは、パステルカラーのサロンとはまったく対照的だった。低いベッド、さまざまな色を使った漆の家具、アンティックな薬棚やついたてなど、東洋調でまとめられている。壁はあざやかな朱、ベッドにはまっ黒なカバーがかけられていた。

「ほかのところのインテリアとぜんぜんちがうのね」

「そう。三番目の妻と別れたときに、ここだけ手直しさせたんだ。どう、気に入ったかね？」

ケリーの背筋に危険を知らせる信号が走った。カーンの目の奥に怪しいきらめきが宿っている。

「凝ってはいるけど」ケリーはドアのほうへもどりかけた。「仕事の話をするのにふさわしいとは思えないわ」

「それは場合によるよ」カーンは鋭いまなざしを投げた。「仕事の内容とパートナーによりけりさ。わたしはきみに大きな仕事を任せようとしてるんだ」

「見返りを期待しているわけ？」ケリーは落ちつき払った声で言った。腹が立ってしかたがない。カーンに対してだけでなく、こういう状況に飛びこんだ自分自身に対しても。過去に何度、これと同じ危険にさらされたことがあったか。今さら思い返す気もないが、まんまと罠《わな》に引っかかったのはこれが初めてだ。

「ねえ、きみ」カーンはケリーをなだめようとする。

「そんなにすげなくしなくてもいいじゃないか」

「わたしだってばかじゃないから、あなたが人間としてのわたしに関心があるのではないことぐらいわかります。これは一種の武力外交ね」

「鋭いねえ！」さもおかしがっているような口ぶりだが、カーンの目からは気分を害していることが見てとれた。「きみとわたしとは似た者どうしだと思ったんだ」

「それは同じことでしょう、今わたしがここを出たって……」

「だめだね」彼の目から笑みが消えた。「今きみが別荘にもどって、わたしの仲間や客たちや、ねたさがしをしているマスコミの連中に見られたら、屈辱的な結果になる。わたしはもの笑いの種になりたくないからねえ。きみも大人なんだから、ここへ来ることを承知した時点で、それが何を意味するかわかっていたはずだ。オーケー、今になって気が変わったと言うんだね。でも、わたしは変わってないよ」

カーンは急に襲いかかってきて、ケリーの腕をつかんだ。激痛が走る。ケリーを丁重にもてなしてくれたホストは、いまや虚栄心と世間体しか頭にない狂暴な獣と化した。ケリーはたるんだ口もとや貪欲《どんよく》そうな目から、彼の本当の姿を見抜けなかった自分が悔しかった。

ヒステリックになってはいけない、と理性が命ずる。そんなことをしたら、相手の思うつぼだ。急場をしのぐには、頭を働かせ、さめた目で状況を見つめるのが一番だ。

「ちょっと待って」ケリーは時間稼ぎを試みた。「あなたが怒るのも無理ないと思います。わたしにも責任があるんですから。わたしは深く考えずに、本当に仕事のお話だと思っていたんです。ですから、いっしょに別荘へ帰りましょう。そうすれば、変なゴシップにはならないし、何もなかったことにする、と誓いますから……」

「誓う？」カーンは耳ざわりな声で笑った。「長年の経験で学んだ教訓は、女が誓うと言ったとき、それはなんの意味も成さないということさ。それに」口調が和らぐ。「きみが欲しい。わたしの好みのタイプなんだ……」

「でも、あなたはわたしのタイプじゃありません」ケリーはぴしゃりと言いきった。「あなたがいっしょにもどってくださらないなら、わたしは一人でも帰ります」

「勇ましいねえ」カーンは鼻で笑った。「だが、あいにくそれは無理だよ。キーがなければ、モーターボートは動かない。キーはわたしがこうして持っているんだ」彼はポケットをたたいてみせた。「ケリー、わたしから逃げようとしたってむだだよ。まあ、試してごらん」

カーンはケリーが逃げようともがくのを心待ちにしているように聞こえる。ケリーがわめいたり、怖がったりすれば、彼は喜ぶだろう。

ケリーは不安と恐怖に身をこわばらせながらも、しゃんと背筋を伸ばして立ち、毅然《きぜん》として言い放った。「カーン、あなたといっしょにここにとどまるつもりはありません。もちろん、体を許すなんてとんでもないわ」

彼のせせら笑う声に、ケリーの心は動揺した。

「どうやってわたしを阻止するつもりだね？」ケリーをつかむ手に力が加わる。「レイプで訴えようとしたってだめだよ。裁判所はその気でついていって、どたん場で気持を翻した女には、うんざりしてる」

そのとおりにちがいない。たとえレイプされたといってカーンを訴えても、ケリーに勝ち目はない。愚かにも自分自身をまずい立場に追いこんでしまったのだ。どう弁解しようと、進んで彼のヨットまでついてきたのは事実なのだから。

ケリーの心の内を見すかし、勝利を確信したのか、カーンは彼女を抱きよせ、ぎらぎらした目でのぞきこんだ。

「負けを認めるんだな」酒臭い息を吹きかけられ、ケリーは気分が悪くなった。

彼はあいているほうの手で、ケリーのドレスの肩ひもをずらそうとする。かなりお酒を飲んでいても腕力には影響がないらしく、ものすごい力だ。

必死に抵抗しているうちに、ケリーはパニック状態に陥った。全身で彼の愛撫《あいぶ》を拒み、憤りが純粋な恐怖に変わっていく。思考力は止まり、防衛本能だけが働いた。

「なんてやつだ！」ケリーに額を引っかかれ、カーンはみみずばれの傷に思わず手をやった。体の自由を取りもどした瞬間、ケリーは夢中で部屋を飛びだし、甲板への階段をかけあがった。息が切れ、恐怖と苦しさに動悸《どうき》がする。デッキに出たとたん、ケリーは何かにぶつかって、わなわなと震える肩をがっしりつかまれた。

「ケリー……ケリー……どうしたんだ？」

「ジェイク？」ケリーは夢でも見ているような目で彼を見上げた。下からは、カーンの罵声《ばせい》と荒い息づかいが聞こえてくる。

ジェイクはケリーの取り乱した姿を見て、皮肉な笑みを口もとに浮かべた。

「どうしたの？　新しい恋人はきみの手に負える相手じゃなかったのかな？」

「仕事の話をしようと言われたのよ」ケリーは自分の愚かさを証明するだけだと知りながらも、弁解した。

「それでだまされた、って言うわけ？」

下から階段を上ってくる足音が聞こえ、ケリーは目に恐怖の色をみなぎらせ、ジェイクの腕にしがみついた。

「お願い、逃げましょう！」

カーンは少しふらつきながら、怒りに顔をまっ赤にして、デッキにたどりついた。

「きみはだれだ？」カーンは太い声で尋ね、ジェイクに近づく。

「ケリーの友人です」ジェイクは少しも動じない。「おもてなしのお礼を言いなさい、ケリー。そろそろ失礼する時間だ」

ケリーはカーンがジェイクに怒声を浴びせたり、暴力に訴えたりしはしないかと、息を殺して二人を見比べた。が、あと五、六歩のところまで来て、カーンはぴたりと足をとめた。

「この女を連れて、消えうせろ！」怒りのにじんだ声で言い捨てる。「こんな堅物、本気で抱きたかったわけじゃない！」

岸へもどるあいだも、その一言はケリーの頭の中でこだましつづけた。コリンに同じ言葉を浴びせられた日の記憶がよみがえる。あれから何年もかかって、ようやく感情のコントロールができるようになったつもりだったのに……。

　ケリーはモーターボートのエンジンがとまり、錨《いかり》が下ろされたのにも気づかなかった。

「さあ、飛びおりて。ここからは歩いてもらわなくちゃ」

　ジェイクが手をさしだすと、ケリーはたじろぎ、反射的に後ずさりした。ボートが大きく揺れる。ジェイクの罵《のの》る声が聞こえたと思ったとたん、ケリーはバランスを失って、冷たく暗い海へ落ちた。口や鼻に海水が入り、ケリーは悲鳴をあげる。

　足が砂地に着いたため、ケリーの不安は遠のき、ジェイクの手につかまって、起き上がった。冷たい水のおかげで、ケリーは現実に引きもどされた。ジェイクの険しい表情が目に映る。髪やドレスがびしょびしょで、ぶざまな格好にちがいない。ジェイクはなぜ、さがしに来てくれたのだろうか？　第一、どうやって居場所を突きとめたのか？

「スーがきみのことを心配してね」彼はケリーの疑問に答えるように、口を開いた。「きみの姿が見えないので、もしかしたら、ショックを受けたせいではないか、と……」

　ケリーはまわりが暗くて助かった、と思った。赤面しているのを見られなくてすむ。スーはきっと、ジェイクとブロンドの娘に対して、ケリーが嫉妬《しっと》していると思ったにちがいない。

「それだけじゃ、どうしてわたしの居場所がわかったのか、説明したことにはならないわ」ケリーは懸命に平静さを保とうとつとめた。

「レイマンといっしょに歩いていくのが見えたからね」ジェイクは岸のほうへ進み、振り向いて、ケリーに手を貸した。その顔に月の光がまともに当たっている。あごのラインがくっきり浮かび、これまで見たこともないくらい厳しい表情だ。「ケリー、二人ともびしょ濡《ぬ》れだ。一晩じゅうこうやって立ってるわけにはいかない。でも、パーティ会場にもどる気はしないだろう？」

「わたしは一人で帰れるわ」ケリーはとげとげしい声で言った。「あなたがガールフレンドのところへもどりたいなら……」

「ガールフレンド？」眉をひそめた後、急にジェイクの表情が和らぎ、口もとに薄笑いが浮かんだ。「ああ、そうだね。でも、ケリー、大事なことを忘れてるんじゃない？　ぼくのパートナーはきみなんだよ――少なくとも契約期間中は」

　ケリーは泣きたくなった。涙がにじみ、目尻に刺すような痛みを覚える。この先、これ以上の苦しみを味わうことになるだろう。どうしてなのかわからないけれど、ケリーはジェイクに恋をしてしまったのだ。

　ジェイクについて、暗い浜辺を歩いていった。彼がいつ立ちどまったのか知らなかったが、気がつくと、ケリーの手にジェイクの温かな手が重ねられている。

「寒いかい？」優しい声に心を動かされ、ケリーはあごを引いた。

　夜の空気はかなり暖かいのだが、海に落ちたのと精神的ショックとで、体のしんまで冷えきっている。スーの父親の別荘にたどりついたころには、歯ががちがち音をたてていた。ジェイクも彼女同様、濡れているはずなのに、寒くはないらしい。

「居間へ行こう。強いお酒でも作ってあげよう」

「いいえ！」酒というと、コリンが事故死したときの記憶と結びつく。しかし、そのことをジェイクに打ち明けるのははばかられた。「シャワーを浴びるわ。ただ、体が冷えただけですもの」

　ジェイクは肩をすくめた。薄いシルクのシャツとズボンは、水気を含んでぴったり体にはりつき、男っぽい体型がよけい強調されて見えた。

シャワーを浴びても、凍《い》てついた心は容易にぬくもりを取りもどしはしなかった。執拗《しつよう》に耳を襲うカーンの最後の一言と、ジェイクへの思慕を確認したこととが相まって、ケリーは途方に暮れた。

ベッドに入って、何もかも忘れて眠りたいと思ったが、寝つかれないのはわかっている。そのとき、スーが医者にもらった睡眠薬を持っていると言っていたのを思いだした。ふだんなら、薬の力を借りることなど考えもしないのだが、今夜はジェイクとあのブロンド美人が愛し合っている姿が脳裏にちらつき、彼と隣り合ったベッドで横になっているだけでも耐えられそうにない。

スーのバスルームへ向かう途中、居間のドアが開き、ジェイクが現れた。

バスタオルを体に巻きつけただけのケリーを見て、ジェイクは眉をひそめた。ケリーは耳のつけ根までまっ赤になる。彼の気を引くためにこんな格好をしている、と誤解されはしないだろうか……。

「スーの睡眠薬をもらおうと思って……」

「ヨットでの出来事を忘れたいからかい？　いったい何があったんだ？　レイマンから逃げだしたんだろう？　それとも、お楽しみだったのか？」

「とんでもないわ」不意に涙で目の前が見えなくなり、ケリーはくるりと背を向けた。こんな精神状態でジェイクと言い合いをするのは危険だ。負けるに決まっている。

「ケリー！」

ジェイクは彼女の涙を見るだけでは満足できないらしい。腕をぎゅっとつかんで、向き直らせた。その拍子に、バスタオルがほどけそうになり、ケリーは息をのんだ。

「これは本物？」ジェイクは頬を伝う涙を指先でなぞり、優しくきいた。

ケリーは弁解しようとしたが、涙がとめどなくあふれ、言葉が出てこない。

「ケリー！」

「わかってるわ。あなたは女の涙が嫌いなんでしょう」

「ちがう！　きみが泣くのを見たくないのさ。もし、レイマンがきみに乱暴したのなら……」

「いけないのはわたしなのよ。ついていったんですもの。今夜はどうかしてたのね……」

ジェイクの腕に抱きかかえられていると、不思議にすなおな気持になれた。

「ぼくがそばについていてあげようか？　きみが寝つくまで」

どんなにそれを望んでいることか……。

「ケリー、最初からやり直そうよ。ぼくたちはどうも出だしが悪かった。そのままずるずる来てしまったんだが……。今夜、レイマンがきみを連れだすのを見て、ぼくはあいつの息の根を止めてやりたいと思った……」

「見ていらしたの？」ケリーは驚いて、ジェイクを見返した。

ジェイクは顔をゆがめ、バスタオルの端からのぞいているケリーの胸のふくらみに目を落とした。

「うん。ぼくへのいやがらせのためにあんなことをしてるのかと思った」ケリーが返事に困っていると、彼は先を続けた。「ああ、ケリー、ぼくがどんなにきみを求めているか、わかっているはずだ。目が見えないわけじゃないんだから。うん、もちろん、きみを求めることは与えられた役割の範囲を超えることだとはわかっている。ぼくは雇われたボディガードにすぎないんだ」

「ジェイク？」

ケリーの声には控えめながら、期待の響きが感じられた。ジェイクに求められている！　彼の言葉に嘘《うそ》があるなら、その証拠を見つけようと、ジェイクの顔に目を凝らしたが、なにも見いだせない。今、寄り添っている体から感じとれる張りつめたものと、瞳の奥に熱を帯びた光が宿っているのが目にとまる。

「ケリー、もうごまかしはやめよう」彼の声は乱れている。「ぼくはきみが好きなんだ……」

「わたしもよ、ジェイク」ケリーはジェイクの存在を確かめるかのように、震える指先を彼の頬に当てた。「でも、その前にお話ししておかなければいけないことがあるの」

ケリーはコリンとのことを、なぜ自分が猜疑《さいぎ》心の強い女になったかを打ち明けたかった。ジェイクが貧しかろうと、どうやって生計を立てていようと、そんなことは関係ない。たいせつなのはお互いの気持だけ。ジェイクが求めてくれている！　変なプライドや経済状態のちがいにこだわって、幸せを逃すのはばかだ。わたしが裕福で彼が貧乏だから、どうだっていうの？　今、わたしの心を包みこんでいる喜び以外、何を考える必要があって？

「ケリー、後で聞くよ」ジェイクは耐えられないという声で言った。「後でね。今は……お互いの気持を伝えるのに言葉よりもっとふさわしい方法がある……」

ジェイクはケリーを抱きあげると、寝室へ運んでいった。

静かにケリーを下ろし、床に立たせた後も、ジェイクは抱き合ったままでキスをした。ケリーの体は熱く燃え、激しく彼の唇を求める。彼の鼓動を全身で感じようと、体を押しつけた。

「ケリー」

ケリーのバスタオルは取りのぞかれた。彼女もジェイクのシャツの下に指をすべりこませて脱がせ、そのたくましい胸に見とれた。ジェイクの両手がケリーの胸のふくらみをとらえる。彼女の全身は火がついたように燃え、ハスキーなあえぎをもらしながら、ジェイクの喉や肩に夢中で唇を押しつけた。ジェイクも荒々しく彼女の肌に唇を這《ま》わせ、両手で体を愛撫し、彼女を興奮の極みへと導いていく。

「ああ、ケリー……ぼくをどうしようというんだ？」ジェイクはケリーの体をかかえ上げ、ベッドへと運んだ。

　肌を刺す夜気の冷たさに、ケリーはベッドの上で身を震わせたが、すぐに隣にジェイクが横たわり、ぬくもりが伝わってきた。コリンとのときのような屈辱感は少しも感じない。なんのわだかまりもなく、ジェイクの愛撫に身を任せ、それに応《こた》え、うれしさのあまり、彼の喉を指でなぞり、唇を走らせる。

　ジェイクの手が腿に触れたとき、ちらっと悪夢のような記憶が頭をかすめたが、ジェイクへの愛と彼を求める気持がそれを消し去った。恐れがしだいに歓《よろこ》びに変わり、ケリーは積極的になっていった。

　ジェイクの息づかいが荒くなり、全身が汗ばんでいるのがわかる。

　陶酔感にしびれた心のどこかで、ケリーは痛みを感じた。が、かまわなかった。それどころか、ジェイクにすべてをささげたいと望んでいたのだ。ところが、ジェイクは急に体を離し、ベッドサイドのスタンドの明かりをつけた。

「ケリー、ちゃんとぼくを見るんだ」

　ケリーは彼の声音の深刻な響きにたじろいだ。

「ケリー……」

「いや！　お願い……」ケリーの目から涙があふれ、全身が震え、喉がこわばる。

「なんてことだ！」

　ケリーは屈辱と自己嫌悪に、血が凍る思いがした。

「どうして黙っていたんだ？」

　わけがわからないふりをしても無意味だし、みっともない。

「話そうとしたのよ」ケリーはやっとの思いで答え

た。「だけど、あなたは聞いてくれようとしなかった……」

「じゃ、今、ちゃんと話してくれる？」

「なにを聞きたいの？」拒絶された思いに打ちひしがれ、ケリーは弱々しい声できき返した。「コリンがわたしの財産のためにどんなふうにわたしと結婚し、その夜、無理やりわたしを襲おうとしたか、知りたいの？　でも、彼は結局、わたしを奪うことはできなかったのよ。本気でわたしを求めていたわけじゃないの。わたしをつなぎとめるための手段だったのよね。だから、わたしが必死に抵抗すると、捨て台詞を残して、恋人のところへ出かけてしまったわ。その途中で交通事故に遭ったの。おかしな話でしょう？」

　ケリーは笑おうとしたが、妙な高い音がもれるばかりで、声にならない。ジェイクはそんな彼女を乱暴に揺すり、唇で口をふさいだ。ケリーは息をつこうともがき、彼を拒もうとした。

　暗闇《くらやみ》の中でも、ジェイクの目に怒りの光が宿っているのがわかる。「きみはまちがってる。ぼくはきみを愛さないではいられなかったんだ」

　彼があまりにも穏やかな声で言ったので、ケリーは初め聞きまちがいかと思った。しかし、ジェイクは一言一言、ケリーにわからせるように、ゆっくりした口調でつけ加えた。

「コリンとのことは気の毒だったと思う。これまで理解できなかった部分が、これでようやくわかったよ。でもね、ケリー、ぼくはコリンじゃない。一人の男に愛されなかったからって、一生負い目を感じて生きることはない。ぼくはきみが欲しい。ぼくたちが恋人どうしになりきれなかった理由は、たった一つ――きみがバージンだということを、ぼくが知らなかったからなんだよ」

「つまり、わたしが男性経験の豊かな女性ならよかった、という意味？」ケリーは苦々しげにつぶやく。「あなたみたいな高い水準に合わなくて、申しわけないと思うけど……」痛いところをつかれて、ケリーは言葉を失った。自分の愚かさを痛切に感じながらも、暗闇で彼を見返す。体はまだ彼を求めていた。

「そういう問題じゃないよ。気の毒な人だな、と思って。いや、きみじゃないよ。きみに背を向けたコリンのことさ。嘘なんかついてない。もっと正直に言うと、今、ぼくはきみに対してこれまで以上に強い欲望を感じている。ケリー、きみが欲しい。きみだって、ぼくを求めてくれてると思う。この腕の中で、きみに歓びを味わわせてあげたい……。わかるだろう、ぼくの言いたいことは」

ケリーは口がからからになった。ジェイクの言うとおりなのだけれど、言葉にするのが怖い。

「ジェイク……あなたが欲しい……」

これまで口にした中で、一番言いにくい台詞だった。ジェイクの返事はない。何もかもトリックだったのではないか、という恐怖と不安がケリーの胸に突きあげてきた。

「ああ、ケリー……きみからその言葉を聞けるなんて、夢のようだ」

どちらが先に体を動かしたのかはわからないが、気がついたときには、ケリーは彼に抱かれ、抑えきれない歓びの中で、すべてがうまくいきそうだと感じていた。

8

夜明けまぢかに、ケリーは目を覚ました。胸の下あたりにジェイクの腕がのっている。けだるい心地よさが体じゅうに残り、ケリーはジェイクとの愛の行為を思いだして、口もとを和ませた。ジェイクが目を閉じたまま、ケリーの首のあたりに鼻をすりよせ、彼女を抱きよせる。ケリーの体はゆうべ分かち合った歓《よろこ》びを思いだしたかのように、それに応《こた》えはじめた。

　次に目を開けたとき、ケリーは一人だった。バスルームへ行ってみると、ジェイクが使った石けんとコロンの香りが残っている。どうして起こしてくれなかったのだろう。今日は彼とじっくり話をするつもりだ。

　わたしはジェイクを愛している。どんなことをしてもこの幸せを逃したくない。今一番大切なもの――ジェイクの愛――に比べたら、財産などどれほどの価値があろうか？　ジェイクもわたしを愛してくれているのだろうか？　ケリーにはなんとも言えなかったが、すべてを彼と分かち合って生きていきたいと思っている気持を伝えたかった。現代は男女同権の世の中だ。これまでケリーは男性と対等にがんばってきたし、男が優れていて、女は劣っているという考えかたは古い。ケリーの収入で生活して、何が悪いだろう。ジェイクに定職がないとしても、気にすることはない。ケリーは心に引っかかっていたものを全部すっきりさせ、シャワーを浴びた。今朝はいつになくフレッシュな気分だ。

　テラスでは、スーとジェレミーが食事をしていた。ジェイクの姿はなく、緊迫した空気が漂っている。

「おはよう、ケリー。ゆうべのパーティ、楽しかった?」スーは無理に明るく声をかけた。

「答えられるはずがないだろう? ほとんどパーティ会場にはいなかったんだから。一晩に二人の大富豪のお相手をして。一般常識じゃ考えられないことだけど、何年間も男に縁のない女として世間をあざむいてきた人間には、なんでもないんだろうさ!」ジェレミーは軽蔑《けいべつ》したように言った。

「ジェレミー!」

「二人の大富豪!」

スーとケリーはほとんど同時に声を発した。ジェレミーは妻の制止には耳も貸さず、ケリーを見て、にんまり笑った。「きみ、知らなかったの?」

「何を?」遠くで電話のベルが鳴りだす。

「パパからだわ、きっと」スーは急いで席を立った。「ケリー、ジェイクはちょっと町へ行ってるわ。すぐにもどるから、そう伝えておいてほしいって頼まれたの」

スーはジェレミーのほうを見ようともしないで、電話のところへ行った。この二人はパーティで、けんかでもしたのだろうか。

「へえ、知らなかったんだ」スーがいなくなると、ジェレミーは話題をもどした。「そうじゃないかと思ってたよ。きみはころりとだまされていたんだね? あのブロンドの娘はちゃんと知ってたよ」

冷たいものがケリーの背筋を駆けぬける。「知ってるって、なんのことなの、ジェレミー?」ケリーはいらだたしげに尋ねた。

「ジェイクがたいへんな資産家だってことを、さ。パーティのとき、彼女に質問して、ききだしたんだ。ジェイクはふだんは目立たない生活をしているらしいけど、国際的な実業家なんだってね。きみが彼を社員の一人と誤解したとき、きっとおかしくてたまらなかったと思うよ」

気をしっかり持たなきゃだめ、とケリーは自分に言いきかせる。ジェレミーの前で弱みを見せちゃだめ。この人はわたしが苦しむのを見るのが楽しみなんだから。「ジェイクがあなたに言ったの？」落ちつき払った声できく。冷たいものが体内に広がり、体が小刻みに震えているが、それをジェレミーに見せてはならない。

「それ以外に知る方法なんかあるかい？　きみはぼくを遠ざけておくために彼を雇ったんだってねえ！　お笑い草だな。そのあげく、彼を好きになってしまったんだろう？　これまでの固いガードを解いて、彼にすべてを許した。向こうははじめから、きみのことをせせら笑ってたっていうのにね」

そんなはずないわ！　言いようのない不快感が胸の内でぐらぐらと煮えたつ。そんなはずがない。ジェイクが大金持？　わたしをだまして、彼を好きになるように仕向けていたなんて……。だけど、ジェレミーの作り話にしてはつじつまが合いすぎている。どうしてジェイクはジェレミーに打ち明けたりしたのか……。

「お嬢さん、敗者の気分はいかが？」ジェレミーがからかった。「ケリー、自分の交際範囲内にとどまっているべきだったんだよ。ジェイクはこれからしばらく、食事どきの話題に困らないだろうね。どうやってきみをだましていたか、おもしろおかしく話してきかせることができる。彼にとってはいい気晴らしだったんだよ。きみみたいな男嫌いの心を自分に向けさせるのは」

ケリーは耳をふさぎたかった。残酷な一言一言が胸を刺す。初めて人材派遣会社を訪ねた日の記憶がはっきりよみがえってきた。ジェイクはわたしを見て、びっくりした顔をした。それにサービス業に従事している人間にしては、態度に不自然さが感じられた。ああ、ジェイクはなぜこんなことをしたのだろう。

ケリーは心の奥底に秘めてあったことや、彼への思いを告白してしまったのを思いだし、身がすくんだ。コリンのことを語り、女性として目覚めさせてくれたジェイクの腕に抱かれ、臆面《おくめん》もなく彼の愛撫《あいぶ》に燃えた。

おのれの愚かさに胸がさしこむように痛む。コリンとのときに懲りたはずではなかったのか！　どうしてわたしはほかの女性のように、男の人から愛してはもらえないの？　わたしはジェイクを愛していた。持てるものすべてを彼と分かち合っていくつもりだったのに……。

「きみはぼくといっしょにいればよかったんだよ」ジェレミーがくり返す。

「あなたがスーと結婚していなかったならね」ケリーは冷たく言い放って、きびすを返した。

憔悴《しょうすい》しきった顔で中へ入ろうとしたとき、ちょうどテラスへもどろうとするスーと出会った。

「ケリー？」

「スー、わたし帰らせていただくわ」ケリーはきっぱりした口調で告げた。「できるだけ早い便で、ロンドンへもどるわ」

「ジェイクはどうする気？」

ケリーは力なく笑った。「どうするって？」

「ケリー、けんかしたのなら、きっと仲直りできるわよ。彼が町からもどってくるまで、待ったら？」

「いいえ」と否定したものの、ケリーは内心、現実に起こったことがまだ信じきれずに迷っていた。

三十分もたたないうちに、ケリーはスーとジェレミーに別れを告げ、空港へ向かった。

幸運にも、一時間後に出発するロンドン行きの便にキャンセルが出て、席を確保することができた。

何があったのかをできるだけ考えないようにして、ケリーは出発ロビーにいた。ジェイクの腕の中でいい夢を見たのは、本当に昨夜のことだったのだろうか?

　ばかね、本当にばか。もう少し分別があってもよさそうなものなのに……。ほかのだれよりも、そのことはよくわかっていたはずだ。いつ、そしてなぜ、ジェイクはわたしをだまそうと決めたのだろう。

　便名がアナウンスされ、ターミナルのほうへ歩きかけたとき、人垣の中に例のブロンドの娘の姿を認めて、ケリーは立ちすくんだ。今日はTシャツにジーンズというカジュアルな服装だが、あのブロンドの髪と端整な顔だちに見まちがいはない。

　しかも、彼女は一人ではなかった。ジェイクの黒い頭が目に映り、ケリーは心臓を締めつけられる思いがした。ブロンドの娘はジェイクの首に手を回し、爪先立ちになって、熱っぽいキスを交わしている。

　焼けつくような嫉妬《しっと》の涙がケリーの目からあふれ、ずきずきと胸が痛む。

　嫉妬に駆られているのをジェイクに見られたら、さらに痛みは増すだろう。ケリーは彼に気づかれないように、うまく機内に入った。離陸後、あたりを見まわしたが、運よく近くにブロンドの娘の姿は見当たらなかった。ジェイクはスーにどう言って出てきたのだろう? 町へ行くとは言っても、くわしい理由までは話していないと思う。ガールフレンドを空港へ見送るため、だなんて……。そうだ、ジェイクはいつだって余計なことは言わない。ゆうべも愛や真実を口にしたりはしなかった。ばかなわたしは何もかも打ち明けてしまったというのに……。ゆうべの歓びが思いだされ、肌が紅潮し、胸が痛む。ジェイクはあのガールフレンドに、わたしのことをどう話したのだろう。二人で笑いとばしたのだろうか。

　ケリーは雑誌の陰に身を隠すようにして、シートに深く身を沈めた。悪い夢を見ただけのことだわ。ロンドンへ帰れば、向こうでの生活にジェイクなんか関係ないんだもの。

「これ、ごらんになりました？」アシスタントのメイジーが興奮した様子で、手紙をさしだした。

「なあに、これ？」ケリーは文面に目を走らせながら、表情をこわばらせる。

「すてきだわ」メイジーは目を輝かした。「こんな話が舞いこむなんて、夢みたいだわ！　カルー社といえば、国際的な大企業ですもの」

「そうねえ」ケリーもメイジー同様、驚きは隠せなかったが、コルフ島からもどって以来、仕事に百パーセントの力を傾けられなくなっていた。「どうしてうちが選ばれたのかしら？」

「新聞の日曜版に載った記事と関係があるんじゃないですか？」

　ケリーはちらりとメイジーに目をやった。「そうかもしれないわね」かなり間を置いてから、認める。「カルー社の社長が日曜版の記事なんかに目をとめるとは思ってもいなかったけど。まあ、イアンと相談してみるわ。なんだか引っかかるのよね。莫大《ばくだい》な経費を使ったあげく、見返りゼロということになりはしないかしら。それほどの大企業なら、うちみたいな小さいところではなくて、大手の広告代理店を使うのが普通じゃない？」

　二時間後、ケリーはリッツで昼食をとりながら、同じ質問をイアンにぶつけた。

「ケリー、ちょっと疑い深すぎるんじゃないかな」話を聞きおえて、イアンは陽気に笑った。「神様からの贈り物は断るべきだ、とだれかに教えられたのかい？　この取り引きはまさにそれだよ。景気が芳しくないのは、今さら言うまでもないだろう？　そりゃあ、この先数カ月間はいろんな仕事が入ってる。でも、その後は？」

　イアンが事実を述べているのは、ケリーにもわかっていた。しかし、なぜカルー社から声がかかったのだろうか。大会社から見れば、ケリーの会社など目にとまらないほどちっぽけな存在であるはずなのに……。

「手紙には話し合いをするために、エジンバラへ来てほしい、と書いてあるのよね。本社はエジンバラなんですって」

「あそこは石油の採掘にかなり力を入れてる。ロンドンよりエジンバラのほうが、スコットランド油田に近いからね。どうして尻ごみするのかなあ。会社にとって、これ以上のチャンスはないじゃないか。最近、どうかしたの？　きみ、変わったよ」

「年を取ったせいかしらね」ケリーは渋い表情で答えた。ケリーは自分が変わったことも、以前のように仕事一筋に生きられなくなった理由もわかっている。が、プライベートな問題だから、イアンに打ち明けるつもりはなかった。この悩みは他人に打ち明けたところで、解決するものでもないし、苦しみも和らぎはしないのだ。

「そうかなあ。きみはとても美しいよ。いつもそう思ってたけど、最近とくに……。まるみが出てきたというか、女らしくなった」

「今はカルー社の話をしてるのよ」ケリーはイアンをたしなめた。「それにお世辞を言う必要はないわ。あなたをくびにしたりしないもの」

イアンの傷ついたような表情を見て、ケリーは少し言葉がすぎたかと思ったが、そのままカルー社について、いくつか質問を続けた。

彼の返事からはすでに知っている以上の情報は得られなかった。カルー社は世界でも有数の石油化学関係の会社であること、各国に支社を持ち、社長は謎《なぞ》のベールに包まれた人物で、あまり世間に知られていない、ということ。

「彼はイギリス人なんだよ」イアンは説明した。

「〝R・J〟と彼のアメリカ人の仕事仲間は呼んでいるけど……」

「サー・リチャード・カルーね」ケリーが補足する。「彼についての記事を読んだことがあるわ。あの大会社をゼロから築きあげたすごい人物ということしか書いていなかった」

「うん。彼はケンブリッジを出た後、クライド川に面した船の再装備会社を受け継いだんだ。それが出発点だよ」

「あそこまでのしあがるのは並大抵のことではなかったでしょうねえ」

「立地条件とタイミングと運、それに勤勉さ、そのすべてがうまく噛《か》み合わさった結果だろうね。きみはサー・リチャード本人と会うことになってるんだろう？　光栄なことだよ。そのうち息子が跡を継ぐだろうが、今はまだ本人が現役でがんばっている。石油化学業界の伝説的英雄がね」

一週間後、ケリーはヒースロー空港からエジンバラへと飛んだ。定期便《シャトル》が着陸したとき、言いようのない緊張で胸がいっぱいになった。

空港に来ていた迎えの車で市内へ向かうあいだも、重苦しさはつのっていく。

周りを圧するようなカルー社の建物が近づき、玄関の前で車がとまったときには、ケリーは動揺を抑えるのに苦労した。ロビーへ入っていくと、受付の女性がにこやかな笑顔でソファをすすめながら、内線電話のボタンを押し、静かな声で送話器に向かって話しはじめる。

「エレベーターで十階へいらしてください。サー・リチャードの秘書がお待ち申しあげております」と彼女はケリーに言った。

ケリーはエレベーターの中の壁面の鏡に目をやり、全身を点検した。コルフ島から帰ってから、だいぶルックスが変わった。まず、髪を切った。といっても、ショートカットではなく、古典的な顔だちを引きたてるようなセミロングだけれど。今、身につけている淡いピンクのスーツは、以前のものよりずっと女らしさが感じられる。最近は、これまで好んでいたかっちりした服装を退け、淡い色あいのフェミニンな服に目が行くようになった。心の奥ではそれがジェイクと知り合ったことの影響であることがわかっていたが、反面、どうしても認めたくなかった。

　エレベーターのドアが開き、ケリーはブルーとグレーを基調にコーディネートされたエレガントな雰囲気のロビーに足を踏みだした。

　向こうからドレスアップした女性がやってくる。

「サー・リチャードはすぐまいります」彼女はケリーに言った。「コーヒーでもお飲みになりませんか？」

　神経が張りつめていて、飲み物が喉を通るとは思えなかったが、ケリーは断らなかった。いったいどうしたというのだろう。これまでにこんな精神状態を味わったことはない。秘書の姿が消えると、ますます威圧感が増し、しいんとしたあたりの空気が重苦しく感じられた。

　ドアが開くのを待っていたにもかかわらず、実際に開くと、ケリーはどきっとして、思わず身を引いた。中から現れた男は細いストライプの入ったダークグレーのスーツ、シルクのワイシャツ、縞《しま》のネクタイというビジネススタイルに、がっしりした体を包んでいる。

　ケリーの目は彼の姿に釘《くぎ》づけになり、心臓がぐっと締めつけられた。「ジェイク！」喉に張りついたような声をあげ、よろよろと立ち上がった。

「よっぽどびっくりしたらしいね」

　ジェイクはさりげない口調で言って、少し頭を傾け、袖口《そでぐち》についたごみを指先で払いのけた。ケリーの頭はフル回転した。ジェイクはこんなところで何をしているんだろう？

「ジェイク、あなたがここで何をなさってるのか知らないけれど、今はあなたとお話ししてる暇はないの」ケリーはなんとか自分を取りもどした。「サー・リチャードにお目にかかる約束をしていて……」

「宣伝の仕事の話をするために、だろう？　知ってるよ。その役目はぼくが一任されたんだ。父はエネルギー大臣に呼ばれて、どうしても出かけなきゃならなくなったものでね」

「あなたのお父様？」ケリーはぼんやりきき返した。

「あなたのお父様って……」

「そう、サー・リチャード・カルーだよ。ぼくはジェイク・フィールディング・カルー。ほら、ヘレンがコーヒーを持ってきてくれたよ。ヘレン、ミセス・ラングドンはぼくの部屋でコーヒーを召しあがるから。ついでにぼくの分も頼むよ」

　威厳に満ちた声を聞きながら、ケリーはこれが幻覚ではないことを実感していた。

　ジェイクのオフィスはとても機能的な部屋だった。コーヒーを運んできたヘレンが、ジェイクを男性として、また人間として尊敬しているのが、言葉やしぐさから伝わってくる。しかし、事態そのものについて、ケリーはまだよくのみこめず、ぼうっとしていた。

「ねえ、どういうことなの？」ケリーは思いあまって、問いかけた。「わたしはサー・リチャードから会って仕事の話をしたいという手紙をもらって、ここに来たのよ」

「うん、会いたがっていたよ」ジェイクはあっさり認めた。「だけど、さっき説明したように、急用ができたために、ぼくが代わりを引き受けることになったんだ。きみはカルー社について、どのくらい知ってるの?」彼の目つきが急に険しい真剣なものに変わった。「それとも、ただ、父を籠絡《ろうらく》して、契約書にサインさせようと思っただけなのかな? ケリー、ぼくは父よりずっと手ごわい相手だよ」

「ええ、わかってるわ」ケリーは部屋から飛びだしたい衝動を抑え、とげとげしい口調で言い返した。ジェイクの懐かしい顔だちを目にしていると、鼓動が速くなり、心の奥に押しこめておいた欲望がうずきだす。今はデスクの上に置かれている手が、ケリーを愛撫し、燃えさせたかと思うと……。ケリーは口もとを引きつらせ、デスク越しに彼を見た。「よくぬけぬけとわたしを責められるものね? わたしをだまして、思いちがいをするように仕向けたくせに……」

「ボディガードとして雇われた人間だ、と思われるように?」ジェイクは冷笑を浮かべた。「ケリー、信じてほしいな。あの件に関しては、深く反省してるんだ」

「こんな議論を続けても無意味だわ」ケリーはハンドバッグに手を伸ばした。「なぜわざわざこんな回りくどい手を使って、わたしと会おうとしたのか理解できないけど、仕掛け人があなただってことは想像がつくわ。そうでしょう?」ジェイクの返事はない。「あなたのずうずうしさにはあきれるわね。あんなことの後で……」

「自分でもあきれてるよ」ジェイクはケリーの言葉をさえぎった。「でも、とにかくやってしまった」

「もう、じゅうぶんじゃなくて?」この部屋から逃げだしたい気持と、後ろ姿を見せたくないという気持がせめぎ合い、ケリーは自分で自分の感情がコントロールできなくなりそうなのが怖かった。

ジェイクがデスクのこちら側へやってきて、彼女の手首をつかんだ。ケリーは痛さに息をのみ、腰を上げる。

「じゅうぶん？　とんでもない」彼の片手があごをとらえ、首が折れるのではないかと思えるほど、ケリーの頭を後方にのけぞらせた。「もっとも、きみが人間の仲間入りをして、女性として生きているのを見て、うれしいけどね」彼の手が髪に触れると、ケリーの体に震えが走った。心の抑えがきかない。うっすらと生えたあごひげが目に入り、男性的な香りが鼻をくすぐる。ケリーの体は彼の愛撫とキスを求めていた。

　額から汗がにじみ出て、体が激しく震える。「ジェイク、放して」その声はうわずっていた。「どうしてここへ呼ばれたのか、わからない……」

「それはわかってる、ということだろう？　でも、まちがっている。ぼくは女性を力ずくでなんとかしようなんて思うほど下劣な男ではない」

「どうかしら！」ブロンドの女性のことがケリーの頭をよぎった。ケリーをその腕に抱いて、幸福な気分を味わわせた数時間後に、空港へ別の女性を見送りに行き、愛情あふれる別れのシーンを繰りひろげていたではないか。ジェイクにとって、ケリーは一つのチャレンジの対象でしかなかったのだ。ジェレミーの悦に入った表情を思いだし、ケリーは例の不快感に見舞われた。

「いいかい、ケリー、きみにここで何をしてもらうか話そう」ジェイクは彼女の手を放し、デスクにもどって、引き出しから数枚の写真を出して並べた。

　ケリーはじっとそれらに見入った。歴史ある建物のようだ。

「きみもうちのことはあまり知らないだろう？　父は私生活を公にしたがらなかったから。かつて、スコットランドの西方の沖にあるマルヌ島を所有していたんだ。第一次大戦前に失ったんだが、その後売りに出され、父が買いもどした。これが……」長い指で写真の建物をさす。「城の塔だったものだ。改築されて今の形になった。父は実業家たちが休暇を取ってやってきて、のんびり骨休めできる場所に変えたいと考えている。それと、まだ自分に孫がいないことを心配してるんだ」彼は皮肉な口調でつづけた。「この家と島を結婚祝いにぼくにくれると約束した」ジェイクはケリーが意味を解しているかどうかさぐるように、彼女を見た。

「要点をおっしゃってくださらない？　わたしはお宅の歴史の話を聞きに来たわけじゃないのよ」

「ケリー」ジェイクのあごのラインが険しくなる。「つまり……父はホテルの宣伝を担当する広告代理店をさがしている、ということだ。この仕事を任せられるいい会社はないか、とぼくは相談を受けた」

「それで、あなたがうちを推薦してくださったわけ？」ケリーの声音には驚きがにじみ出ていた。

「そうさ」

ケリーは顔面蒼白《そうはく》になっている。

「どうかしたのかい？」ジェイクは意地悪くからかった。「それとも、きみは自分が情けを受ける側に立つのは我慢できないのかな？」

ケリーが体を震わせて立ちあがり、バッグに手を伸ばすと、ジェイクの声が飛んできた。

「どこへ行く気？」

「ロンドンへ帰ります」

「逃げ帰るのかい？　きみは怖がっているんだ、自分が女であることと、ぼくに無関心でいられないことを」

「あら、あなたのことなんか、なんとも思っていないわ」

「そうかい？」ジェイクはケリーに返事をするすきを与えないで、先を続けた。「じゃあ、なぜ逃げるんだい？　きみの会社の業績は悪いとは言わないが、もうかる話に耳も傾けず退けてしまうほどいいとは言えないだろう？　ほかの重役連中はどう言うだろうねえ。きみの行動には賛成しないだろうという気がするよ」

ジェイクの言葉が正しいことは、ケリーにもよくわかっていた。ケリーは落ちつきなく唇に舌の先を這《は》わせた。

「このお話に気が進まないと言ってるわけじゃないわ。わたしにそんなチャンスをくださった動機に疑問を感じるだけよ」

「ケリー、きみは他人を信じたことがないのかい？」ジェイクの目に宿った軽蔑の色に、ケリーは胸苦しさを覚えた。「一人の男に傷つけられたからって、一生、世の中に不信の目を向けて生きることはできないんだよ」

「もうじゅうぶんじゃなくて？」ケリーはこれ以上、感情を押し殺していられなくなった。手を伸ばし、ジェイクに触れたいという気持にさいなまれる一方、あんなふうに自分をだました彼を憎んだ。

「過去に引きずられて生きるのはやめろよ」ジェイクは容赦ない口調で言いきった。「人間の仲間に加わった証《あかし》を見せてくれよ。ぼくに無関心なら、それを証明してみせてごらん」声の調子が変わる。「明日、ぼくといっしょにあの島へ行ってもらいたい。父はなるべく早くこの仕事に取りかかりたがっているんだ」

9

ケリーはジェイクに恐怖心をけどられまい、と上昇していく小型機の中で、じっと前方を見つめていた。朝起きたときからたれこめていた霧に、小型機はすっぽり包まれている。

いっしょに島へ行くのを断るのが賢明だったかもしれないが、ケリーのプライドがそれを許さなかった。

今、エジンバラをはるか下方にのぞみ、小型機はウエスタン諸島を目ざして北へ飛んでいる。ジェイクはパイロットと並んで前の席に座っているので、ケリーは思う存分、彼を観察できた。彼にだまされたことを思い返すと、むしゃくしゃしてくる。しかも、彼は謝ろうともしなかった。

ジェイクはなぜ父親にケリーの会社と取り引きするようすすめたのだろう。一種の償いのつもりか、それとも何か裏があるのか……。彼はケリーがどう感じるか、想像できなかったのだろうか。彼が人材派遣会社の社員のようにふるまった理由も納得できない。貧乏なふりをしていたことも……。また、彼にガールフレンドがいるのをケリーが知ったのちも、ジェイクはケリーに愛を迫った。なぜなのか？　この一つ一つの疑問に答えを求めるのは、ケリーのプライドが許さない。そうしてプライドにこだわった結果、彼と同行するはめになったのだ。

「気分はどう？」ジェイクがくるりと後ろを向いてほほ笑んだ。無防備だったケリーはくらくらとなり、彼と同行することを承知した真の理由に思い当たる――まだジェイクを愛しているのだ！

「ケリー、だいじょうぶかい？」

ジェイクの声が真剣な響きを帯び、つかのま、彼が本気で身を案じてくれているのではあるまいか、とケリーは錯覚したが、そんなはずはないと即座に否定した。

「平気よ」かすれ声で答える。「島まではどのくらいかかるの？」

「天候にもよるけど、だいたい二十分くらいかな。今日みたいに霧が出てると、少し時間がかかると思うよ」

「島について、もう少し詳しい話を聞かせてくださらない？」ケリーはできるだけ事務的な声で話そうとした。「そもそも、あなたの祖先が所有するようになったのは、どういういきさつだったの？」

「もともとあの島はカンバーランドに滅ぼされたスコットランドの名門一家が所有していたものなんだ。それを戦いに協力したぼくの祖先が、ジョージ王から賜った。城はスコットランド女王メアリがフランスからスコットランドへもどったとき、宮廷にいたぼくの先祖によって設計された、と言われている。最初、望楼しかなかったところに大小さまざまの塔を増やし、当時のフランス人が好んだような装飾が施された。実際、そのころのスコットランド人や女王メアリに仕える宮廷の人びとは、自分たちがイングランド人よりずっと洗練され、教養があると思っていた。今から十年ぐらい前に、城の改修工事が行われたとき、昔、購入したもののリストが見つかってね、タペストリーとか絨毯《じゅうたん》とか、当時としては高価な品ばかり。一介のスコットランド北部の領主がどこから金を捻出《ねんしゅつ》したんだろう。彼は女王メアリのお気に入りだった、といううわさもあるけど。まあ、真偽のほどはともかく、彼が妻に恵まれたのは確かだ。裕福なフランス人の女性で、その息子の代からイングランドとの関係が始まる。彼は父親と大げんかをして家を飛びだしたが、のちにプロテスタントとなり、エリザベス女王に重んじられるようになるんだ」

「そんな時代まで家族の歴史をさかのぼることができるなんて、すてきね」ジェイクの話を聞いているうちに、警戒心も疑惑も消え、ケリーは興味をそそられた。

「その先を聞きたければ、語り手は父に譲るよ。それが父の趣味で、余暇の大半をそれに費やしている。数年前、母を亡くしてから、寂しいんだろうね。二人はとても仲がよかった」

ケリーは涙ぐみそうになった。ジェイクの表情や言葉に心を動かされたせいではなく、彼がプライベートな面を見せてくれたのがうれしかったのだ。

「いい年をして、まだ子供もいないで、とぼくは父に非難されるんだけど、そういうとき、父だって三十代半ばまで結婚しなかったじゃないか、と言い返してやるんだ。ぼくの両親は本当に理想的な夫婦だった。一般に、幸せな結婚生活を送っていれば、子供も恵まれた結婚をする、と言うよね。たぶん、選択に厳しくなって、相手にも自分自身にも要求するものが多くなるからじゃないかな」

ケリーはどう言葉を返していいか、わからなかった。これはケリーが彼の理想の妻の水準に達していないことを、遠まわしにほのめかしているのだろうか？

ケリーは彼を正視し、冷ややかな笑みを浮かべた。

「無愛想な独身老人で終わらないように気をつけなくちゃね」

「その心配はないね」ジェイクの静かな声と、それに続く沈黙が、ケリーの胸にこたえた。あのブロンド娘と結婚するのだろうか？

「下を見てごらん。マルヌ島が見えてきたよ」

ケリーは現実に引きもどされ、窓の外に目を転じた。コバルトブルーの海に点在するグレーがかった緑の島々を見ていると、胸がむかむかし、目がくらんでくる。ケリーは思わず視線をそらした。

　ジェイクはケリーの体の震えを見逃さなかった。

「どうしたんだい？　パイロットの腕が信用できないの？　ケリー、きみの悪いところはそこだよ」嘲《ちょう》笑《しょう》を含んだ皮肉な声でつけ加えた。「どうやって他人を信じたらいいか、忘れてしまっていることさ」

「しかたがないんじゃない」ケリーはジェイクを信用しきっていた。自分自身を完全に彼にゆだね、持っているすべて――お金も会社も――を彼と分かち合う心づもりができていた。今考えれば、なんとこっけいなことか……。ジェイクの財産に比べたら、ケリーの財産などないも等しいのに。

「めまいがするなら、目をつぶってるほうがいいよ」小型機は急降下しはじめた。「離着陸用の土地が狭いから、この型の飛行機を使ってるんだけど、心配はいらない」ジェイクは笑顔でケリーを励ました。「どんな狭い土地にだって、降りられる」

　ジェイクのその言葉を証明するかのように、パイロットは眼下に見える三角形の小さな土地を目ざして、機体を降下させた。高度が下がるにつれて、城がはっきり見えてくる。想像していたような荒涼としたいかめしい建物ではなく、霧のすきまからさす日の光を受けた姿は、おとぎ話に出てくる石造りの城という感じだ。

　飛行場はがらんとしていた。ジェイクはすばやく降り、ケリーの腕を取った。ケリーの体がかっと熱くなる。

「ジョン、午後また迎えを頼むよ」ジェイクはパイロットに指示した。「四時ごろがいいな。そのくらいあれば、ゆっくり見て回れるだろう。向こうの納屋の中にランドローバーがある」飛行場の端にある建物を指さして、ジェイクはケリーに言った。「行こう」

　歩いている途中、後ろで小型機の飛びたつ音が聞こえ、ケリーは思わず振り向いた。「みんなはどこにいるの？」

　ジェイクは〝納屋〟と称した石造りの建物のドアを開けた。「〝みんな〟って？」ジェイクが笑いを含んだ目を向ける。「ここは今は無人島だよ。〝みんな〟はきみとぼくだけ」

「この島に……あなたとわたしだけ？」

「驚いたなあ。ビクトリア朝の人間みたいな声を出して。ゴルフ島のときとは状況がちがうんだから」

　どういう意味なのかきき返す暇もなく、ジェイクは内部へ入っていき、かなり使い古されたランドローバーのドアを開けた。

「この二十年間、島にはだれも住んでいないんだ。小さな島だから、島民が生計を立てていかれるだけの家畜を飼うこともできなくてね。何人かの小作人を使っていた時期もあったんだが、学校を出た子供たちが島を離れたりして、やがてだれもいなくなった。父が高級リゾートホテルを建てたいと考えている理由の一つはそれなんだ。島にゴルフコースも造ろうとしてる。海釣りもできるし、湖もある。城のほうは週一回、本土から管理人が来て、暖炉のぐあいやエアコンの調子を見てくれているが、父はここをちゃんと人間の住むところにしたいと思ってるんだよ。さあ、入るよ」ジェイクは通用門を開けて、車を中に入れた。

　館《やかた》にたどりつくのに、車で十分以上かかった。吊《つ》るし門をくぐり、庭に入る。かつては手入れが行き届いていたのだろうが、今は玉石の敷かれた地面にヒースやゆきのしたがはびこっている。

「この庭は母のお気に入りの場所だったんだ」ランドローバーをとめたとき、ジェイクが口を開いた。

「両親がここで暮らしたのは二、三年かなあ。夏、母の弟、ぼくの叔父に当たる人が海で亡くなってね、それからはつらくてここにいられなくなった」

「じゃ、何もかも懐かしいでしょうねえ」ケリーは時の流れに美しさを損なわれていないクリーム色の玉石に目を奪われ、ジェイクの幼年時代に思いをはせた。が、当人は平然とした顔で肩をすくめた。

「ぼくはほとんど寄宿学校に入ってたからね。その後、両親はロンドンに移ったよ。父の仕事に便利だという理由で。仕事の中心が石油化学に移って、エジンバラへ本社を移転させたのは、ほんの数年前なんだ。館の中を案内した後、車で島を回ってみよう」

「ジェイク、今度うちの会社をお父様に推薦なさったのはなぜなの？　あなたがそうしたのはわかっているわ」ケリーはジェイクに言葉を挟ませないで、先を続けた。「うちなんか小さくて、お父様の目にとまるような会社じゃないもの。名前だって聞いたことがあるかどうか……」

ジェイクは否定しようとはしない。ケリーは冷たい風に身を震わせ、余計なことを言いださないほうがよかった、と悔やみ始めた。

「理由？」ジェイクはしばらくたってから、吐きだすように言った。「ケリー、想像力を働かせろよ。そんなにむずかしいことではないはずだ」

ケリーが口を開く前に、ジェイクはどんどん先に立って歩いていき、かしの木でできたアーチ型のドアに手をかけた。重いドアがぎいっと鈍い音をたてて開く。

〝想像力を働かせる〟って、どういう意味だろう。口では何も言わないけれど、一種の罪ほろぼしのつもりなのだろうか。でも、オフィスで再会したとき以来、彼は怒りを抑えているように見え、とても罪の意識を感じているとは思えない。彼はわたしがエジンバラへ来ることを知っていた。顔を合わせる前に、心の準備を整えていたはずだが、わたしのほうは……。

ケリーはもう二度と同じ罠《わな》に引っかかってはならない、と自分に言いきかせた。今度は言いわけの余地がない。ジェイクがケリーに個人的な関心を抱いていないこと、これまで抱いていると思ったのも錯覚にすぎなかったことを知っているのだから。

突風を受けて、ドアがばたんと閉まり、ケリーは飛びあがりそうになった。ジェイクはもう中に入ってしまっている。ここへは仕事で来たのだ。そのことをしっかり心にとめておかなければ……。ケリーは自分に言いきかせ、ジェイクの後を追った。

「そして、これがジョージ王朝の翼廊。ジョージ王からこの島を拝受した祖先が建て増しさせた部分だ。ロンドンの建築家を呼びよせることができなかったもので、バンブルーのもとで学んだことのあるエジンバラの男に造らせたそうだ。結果はひじょうに満足のいくものだった」

二人は幾何学式庭園にのぞむ書斎の窓辺に立っていた。

「祖先は古い城壁を全部取り払って、見晴らしをよくしたがったんだが、そんなことをしたらあたり一面荒れ地になってしまう、と建築家に注意されたんだ。島のこちら側は天候の影響をまともに受けるので、石の城壁に守られていないと、何も育たないのさ」

ケリーは幾何学式庭園に見とれ、引きつけられるように窓辺に歩みよった。幼いころ夢中で読みふけった『秘密の花園』のイメージとダブる。近ごろの教育者の中には、こういう本を子供に読ませるのに反対する者も多いが、ケリーは大好きで、とても楽しく読んでいた。

「そろそろドライブに出かけたほうがいいな」後ろ

でジェイクが言った。「また霧が出てきそうだ」

ジェイクの言うとおり、水平線がぼんやりかすんでいる。書斎の中は暖かいのに、ケリーの背中に震えが走った。

「父から、島のすみずみまで案内するように言われている。さあ、出かけよう」ジェイクに促されて、ケリーも戸口のほうへ足を踏みだした。

ジェイクの手が腕に添えられているので、鼓動が速くなる。ジェイクは少しも気にとめていない様子で、さっき入ってきたのとは別のドアに向かった。廊下を抜けると、城の裏側に出て、今は廃屋と化した納屋があった。

「父はこの建物をちゃんと建て直して、客室を造りたいらしいよ」

「あら、あなたはあまり気乗りしないみたいね？」ケリーは鋭く指摘した。

「うん、長いあいだ、ここを自分の家にしたいと思っていたからね」

「今だって、実現可能でしょう？　結婚なされば」ケリーはジェイクが話していた夢を思い返しながら、言った。

「そうだな。きみはここが気に入ったみたいだね。この館つきなら、ぼくとつき合ってくれるかな？」

「お城はとても気に入ったけど、あなたはどうも、ね」ケリーはとっさに嘘《うそ》をついた。頬が赤らむのを見られないように、さっと顔をそむける。ドアノブをつかむ手がかすかに震えていたが、彼の冗談に心を傷つけられたことを悟られまい、と心に決めた。

「どうして？」詰めよるような声に、ケリーはたじろいだ。低くたれこめた霧がいっそう緊迫感を強めている。「ぼくがコリンを思いださせるから？」ジェイクの口もとがゆがんだ。「ケリー、ぼくがコリンと似ていない点が一つある」彼の手が伸びてきて、腕をつかまれたとき、ケリーは思わず息をのんだ。

抱きすくめられ、熱い唇が口もとをとらえる。「こういうことさ。コリンはきみに触れたがらなかったらしいが、ぼくはその反対だ！」

　ジェイクはケリーの唇を奪った。焼けつくような熱が体じゅうに広がり、ケリーは彼の後頭部に手を回し、全身で情熱に応《こた》えた。ジェイクの唇は、喉、まぶたへとキスを送りつづけ、やがて柔らかな唇へと移り、舌の先で輪郭をなぞった。ジェイクの口からあえぎがもれたとき、ケリーの体はけいれんするようにそれに応え、唇を開いた。

　とても長い時間だったのか、それともほんの数秒間だったのか、ケリーは何もかも忘れて、ジェイクのキスに酔った。彼がどれだけケリーを求めているかがじかに体に伝わってくる。唇が離れ、ジェイクはケリーのあごに手を当てた。荒い息づかいのまま、無言でケリーを見下ろしている。

「ケリー、きみはぼくを求めている。ジェレミーにどう言ったとしても、本当はぼくを求めているんだ」

　ケリーは反射的に身を引いた。自分かわいさに、ジェイクを好きではない、とジェレミーに言ったかもしれないが、具体的にどう言ったのかは思いだせない。が、ジェイクはそれを挑戦の言葉と受け取ったようだ。吐き気がしてきた。これではコリンにあいそづかしをされたときと同じではないか。無理やり彼女を屈服させようとして……。男はみな、女性の挑戦的な態度を嫌う。そのことを頭に入れておくべきだった。

「ちがうわ！」

　喉からしぼりだすような声で叫んだかと思うと、ケリーはやみくもに走りだした。庭園の先は岩だらけの崖《がけ》につづき、濃い霧が彼女の着ているコーデュロイのスラックスや厚手のジャンパーを通して、しみ入ってくる。背後でジェイクの呼ぶ声がするが、その怒りに満ちた声は、ケリーの足を速めさせる結果となった。傾斜が急に険しくなっているところで、ケリーはつまずき、草に足を取られて転んだ。息苦しくて、湿った地面に横になったまま起きあがれない。

「気でも狂ったのか！」追いついたジェイクがどなった。「きみはここの地形を知らないじゃないか。しかも、霧で一メートル先も見えない。自殺行為だ！　いったいどういうことなんだ！」

「こういう事態を予測しておくべきだったのよね」ケリーはあえぎながら、冷ややかな声で言った。「あなたに触れられるのはいやなの」

「口ではいつもそう言っているが」ジェイクの口調も激しい。「体はちがうね。歩いてもどれるかい？　抱えて運んでいってもいいんだけど、ぼくに触られるのはいやなんだろう？」と皮肉を言って、あたりを見回した。「どうやら島めぐりはあきらめなければならないな。この霧じゃ、何も見えない」

「飛行機は着陸できるかしら？」ケリーの歯はがちがち音をたて、体は冷えきっている。

「どうしたんだい？　ぼくと二人きりなのが怖いの？」

「まさか！　夜にはもどるとオフィスに言い残してきたので、気になっただけよ」

「心配ないよ。着陸できないようなら、ジョンが無線で連絡してくるから、そのとき彼にきみのオフィスへ電話を入れてくれるよう頼めばいい。簡単なことさ」

足を一歩進めるごとに、霧が濃くなってくるようだ。転んだために体じゅうの骨がきしんでいるように感じる。あらゆるところが痛み、ジェイクがいなかったら、城までたどりつけたかどうか疑問だ。霧に包まれた城には不気味な雰囲気が漂っていた。

「三十分待てば発電機が動きだすから、熱い湯に入れるよ。きみの体はびしょ濡《ぬ》れだ」

ジェイクの柔らかな革のジャケットは霧を通していない。彼はエジンバラを発《た》つ前から、天候がどうなるか知っていたのではないだろうか。それならそうと、一言注意してくれてもよさそうなものなのに……。ケリーのジャンパーはぐっしょりと濡れ、体に冷たく張りついていた。

「なにか飲み物をいれてあげよう。その後で発電機を見てくる」書斎に向かいながら、ジェイクが言った。暖炉の前にしゃがみ、火をつける。「アンガスが毎週、点検に来て、いつでも火をおこせるように準備しておいてくれるんだ」ジェイクはたきぎに火がつくのを確かめるため、しばらくそのままの姿勢でいたが、やがておもむろに立ち上がって、食器棚のほうへ歩いていった。「これを飲むといい」重たいガラス製のタンブラーに、こはく色の液体がそそがれた。「ウイスキーだよ」ケリーの反抗的な顔つきを見て、ジェイクは言い添えた。「きみが余計な心配をしているなら言っておくけど、酔わせてどうこうしようってわけじゃない。飲めば、体が温まるよ」

ケリーは促されるままに、グラスを受け取った。気力がうせて、自分の手がどれだけ震えているのかもわからない。

「火のそばにいなさい。すぐにもどってくるから」

ジェイクはさめた目でしばらくケリーを見つめた後、部屋から出ていった。ドアが閉まり、彼の姿が見えなくなると、ケリーはずっと息を詰めていたのに気づいた。ジェイクがいなくなって、体の緊張は取れたが、痛みはますますひどくなった。ウイスキーを飲んでも、体は温まらない。濡れたジャンパーが氷の手のように全身を包んでいるし、火のそばにいても、熱は伝わらない。

炎に誘われるように暖炉に近寄ると、少しはぬくもりが伝わってきた。ケリーはちらちらと戸口に目を走らせながら、ジャンパーを脱いで、暖炉の上に置いた。ジェイクの足音が聞こえてからかぶっても、じゅうぶん間に合う。せめてそれまででも、暖をとりたかった。

冷えきった体に、しだいにぬくもりがもどってきた。心地よい気分で、ケリーは足台に寄りかかった。ジェイクは思いのほか手間どっているようだ。発電機のぐあいでもおかしいのだろうか。無意識のうちに、ケリーのまぶたは閉じられていた。

ジェイクが足を踏み入れたとき、暖炉の前で眠っているケリーの姿が目に映った。炎に照らされた肌が輝いている。近づいても、ぴくりとも動かない。顔をのぞきこみ、ジェイクの表情が和らいだ。彼はケリーの横にひざまずき、小声で名前を呼びながら、背中に指先を這《は》わせた。

ケリーは目を開けたが、全身が心地よいぬくもりに包まれていて、動けなかった。一番すてきな夢を見ていたのだ――ジェイクの腕に抱かれている夢。吐息をついたとき、ケリーはどこにいるのかを思いだし、自分一人ではないことに気づいて、体を硬直させた。そして、夢が夢でなかったことを知る。ケリーは現実にジェイクの腕に抱かれ、彼の胸に頭をもたせかけていた。ジャンパー！　ケリーは暖炉の上に絶望的なまなざしを向け、眠ってしまったことを後悔した。

「ジェイク？」

「しいっ」太い声がさえぎった。「ぶちこわさないで」

ジェイクはケリーの首筋に唇を這わせ、コルフ島から帰って以来、忘れるようにしていた感情を再び呼び覚ました。唇は下りてきて、背骨をなぞっている。ケリーは彼がブラジャーをはずし、両手で胸を包みこんだのを感じた。体を引き、感情の波に押し流されてはいけない、と自分自身に命令する。しかし、すでに手遅れだった。ケリーの体は脳から送られた命令をはねつけ、ジェイクの腕にゆだねられている。

「ぼくはこの瞬間をどんなに待ちのぞんでいたことか……」ジェイクはケリーの耳もとで吐息まじりにつぶやき、彼女のスラックスのウエストに手をかけた。「ケリー、きみもそうだったんだね。口ではなんと言おうと」

ジェイクの愛撫《あいぶ》に熱っぽく応えること、喉に唇を押しつけ、歓《よろこ》びを表現する以外、何もできはしない。ジェイクはジャケットを脱ぎ捨て、乱暴にシャツの前をはだけると、ケリーを胸ぐらへかきよせるようにして、床に仰向けに横たわった。

ケリーは彼の胸に舌の先を這わせた。少し塩からい。ジェイクの体に戦慄《せんりつ》が駆けぬけるのを感じて、ケリーはうれしかった。うれしくて、スラックスが脱がされているのにも気づかない。

ジェイクの手が胸を包みこみ、その先にキスをしたとき、抑えようのない欲望がケリーの体内で爆発した。荒い息づかいを整えようと、彼のジーンズに指をからませる。この感情を彼に知られるのが怖かったからなのだが、熱病にかかったような震えはおさまらない。と、そのとき、ケリーはけいれんしているのが自分ではなく、ジェイクであることに気づいた。情熱を秘めたグレーの瞳の輝きは、いっそうケリーの欲望をかきたてる。自制心はあとかたもなく消えていた。

ジェイクは自分が上になるように転がり、荒い息づかいの中で何やらつぶやきながら、もどかしげにジーンズを脱ごうとした。けれども途中であきらめて、ケリーの手を導き、続きは彼女に任せた。ハンマーでたたかれているみたいに、ジェイクの動悸《どうき》が伝わってくる。ケリーの血も、ものすごい速さで体じゅうを駆けめぐった。

ジェイクの腹部は引きしまっていて、余分な肉がない。おそるおそる手を這わせたのが、確かな手応えとなって返ってくると、ケリーはコルフ島からもどって以来、ずっと押しやっていた欲望にさいなまれた。今のケリーには、これが愛する男性を求める女性のすなおな気持であることがわかった。ジェイクの指が腿に触れると、ケリーの口からかすれ声がもれた。ジェイクの耳には達しなかったのか、彼は首を曲げ、ケリーの胸を愛撫しつづけた。

「ケリー、ぼくはコリンじゃないんだよ」二人の体が重なり、心臓の音が共鳴する。そのとき、しいんとした室内に、その場の雰囲気にそぐわない機械音が反響した。ジェイクの体がこわばり、彼は頭を起こして腕時計に目を走らせた。「ジョンが迎えに来たんだ！」

ケリーも現実に立ち返って、あわててジャンパーに手を伸ばす。

「ケリー、きみもぼくを求めていたんだね」

ジェイクは彼女の心情など手に取るようにわかっているはずなのに、彼女の弱さを強調しておきたいらしい。

もし、わたしが納屋から逃げださなかったら……ジャンパーを脱がなかったら……眠ってしまわなかったら……どうなっていただろう。しかし、ケリーは後悔していたわけではなかった。邪魔が入らなければよかったのに……と心の奥で思っているのだから。彼にだまされたことも、ばかにされたことも、彼の腕に抱かれると、なんの意味も持たなくなってしまう。ジェイクへの愛がこんなにも簡単にプライドを捨てさせてしまうことに、ケリーはショックを受け、恐ろしさすら感じた。

10

「わかった。霧が深くて島をよく見られなかったわけだね？　しかし、もどってくることはなかったんじゃないかな？　わたしたちは心配しているんだ――きみのことも会社の将来も。状況はあまりいいとは言えない。世の中、景気がよくないから、まず余分なところがカットされる。宣伝、広告費はその筆頭に挙げられるね。この契約はなんとしても取りつけなければならない！」

　ケリーは信じられない思いで、最年長の重役アランをまじまじと見返した。彼女がエジンバラへ発《た》つとき、彼はそんなことは一言も言わなかった。状況があまりよくないのは事実だが、アランが危惧《きぐ》するほど深刻なのだろうか。

「ケリー、しっかり目を開けて。わたしたちが悪かったんだ。どういう事態になっているかじゅうぶん知りながら、きみに心配をかけたくなかったもので……。実は、この一カ月間に、キャンセルが四件もあった。そのうち三件は、きみがコルフ島へ行ってるあいだのことだった」

　ケリーは非難めいた響きを耳にとめ、重苦しい声で弁解した。「アラン、この二年間で初めての休暇だったのよ。でも、あなたの言いたいことはわかるわ。本当はないしょにしないでほしかったけど……。役員会を招集して、対策を話し合ったほうがいいわね」

「話し合いで会社を立て直せるものならね」アランの表情は険しい。「水をさしたくはないが、危機は目前に迫っている。慰めは――それが慰めになるならば、の話だが――わたしたちがひとりぼっちじゃないということだ。ケリー、疲れてるようだね」遅ればせながら、思いやりをのぞかせる。「最近のきみはきみらしくないな。コルフ島から帰ったころから、変わったね。何かあったのかい？」

　コルフ島で何があったのか、アランがそれを知っていたら、こんな無理は言えないだろうに……。ケリーは暗い気持になった。マルヌ島からもどると、ケリーはすぐにエジンバラを発った。さめた沈黙の時は、ケリーに考える時間をじゅうぶん提供してくれた。ケリーがどんな感情にとらわれているか、さらに悪いことに、彼女の奔放な姿をジェイクがどう思ったか……。

　ジェイクとは二言三言儀礼的な言葉を交わしただけで別れたが、心には鉛の塊がのしかかっているようだった。そして今、契約の成立にもっと積極的にならなかったことを、アランに責められている。この取り引きは会社が喉から手が出るほど欲しているものなのだ。かつては何をおいても会社第一だったのに、今は二の次になっている。もちろん、会社の将来は気がかりだが、以前ほどの情熱はない。

　朝から頭痛に悩まされ、昼食をとった後はよけいひどくなった。ケリーは家に帰ることに決めた。問題を考えるのは家でもできる。ケリーは書類をそろえ、バッグを手に持った。

　ボンド・ストリートを渡っていたとき、肩にだれかの手が触れた。すりにバッグをひったくられるのかと思い、表情を引きしめて振り向く。コルフ島の空港でジェイクといっしょにいたブロンドの娘の笑顔が視野に飛びこんできた。

「やっぱりあなたでしたのね。お引きとめしてかまわなかったかしら？　わたしのこと、覚えてるでしょう？　コルフ島のパーティで……」

「ええ、覚えていますわ」落ちついた声を出そうとして、ケリーは唇に異様な乾きを覚えた。「ジェイ

ク と……話していらしたかたでしょう？」

「そう。彼、わたしに悩みを相談してきたの」にやりと笑う。「本当は逆なのにねえ！　お茶でも飲む時間、おあり？　わたし、リンと申します。あなたがエジンバラへいらしたことは、リチャードおじさんから聞いてるわ。その結果がどうなったか、知りたくてたまらないの。物見高い女だとお思いでしょうけど、あきらめちゃいけない、とジェイクを励ましたのはわたしなのよ。あなたが彼に好意を抱いているのは確かだ、と思ったから。そういうことって、男の人より女のほうがぴんと来るものじゃない？　わたしの名づけ親のリチャードおじさんからの手紙で、ジェイクがなんだかんだ口実をつけて、あなたをエジンバラへ呼びたがっていると聞いたとき、うれしかったわ。あら……」すっかり色を失い、歩道に立ちつくしているケリーを見て、リンはけげんそうな顔をした。「何か悪いことを言ったかしら？　ねえ」リンはふたたび先を続けた。「ジェイクがどう言ってるにしても、わたしはあなたが彼に思いを寄せていると確信してるわ」

「どこかお店に入りましょうか？」ケリーは混乱した頭の中を整理する時間が欲しかった。

ボンド・ストリートの小さなカフェは、昼食どきの混雑も終わり、客はまばらで静かだ。ケリーは飲み物を注文しながら、自分の頭がどうかしたのではないか、と思った。

「ねえ」冷静な声で、ケリーが切りだす。「話を最初にもどしましょう。わたし、あなたがコルフ島でジェイクといっしょにいるところを見たわ」

「ジェイクといっしょに？　それはジェイクとわたしが何か……。まあ、だから、あなたはジェイクにあんな態度をとってたのね。いやだわ、ジェイクは兄同然の存在なの。彼のお父さんがわたしの名づけ親で、ジェイクは兄みたいなもの。何かあるといつも相談に乗ってくれ、わたしを助けてくれたわ。去年、つき合ってた男の人とごたごたがあって、今はくわしくお話ししないけど、二人の関係がだめになったとき、ジェイクが後始末を引き受けてくれたの。わたし、彼と顔を合わせるたびに〝すてきな人は見つかった?〟って冗談まじりにきいてたの。そうしたら、今回〝イエス〟という答えが返ってきたわ」リンはケリーを正視した。「それで、あなたとどんなふうに知り合ったのか――あなたがジェイクのことを人材派遣会社の社員とまちがえたこと――をききだしたのよ。あら、悪く思わないでね。彼が偶然口をすべらした一言を聞いて、わたしが残らず白状させちゃったんだから。おかしいでしょう、わたしが彼に普通の人間はどのように人生を送るものか、説いてきかせるなんて。あなたを紹介してと頼んだけど、あなたを当惑させたくないから、って断られたわ。ジェイクはあなたが彼と同じ気持ではない、と言うの」リンは顔をしかめて、ケリーにもの問いたげな目を向けた。「わたしはそんなことはないと思ったわ。彼にもそう言ったの。わたし、あの次の日に空港までジェイクに見送りに来てもらったんだけど、けっしてあきらめちゃいけない、と言い残して別れたわ。二週間ぐらいたって、彼から電話があったとき、あなたとの仲はどうなっているのかきいたら、どうもうまくないという返事。それ以上きかないでほしい、というような口ぶりなの。簡単にあきらめてしまうようなら、あなたはばかよ、って、わたし、しかりつけちゃった。どう、まちがってなかったでしょう?」

ケリーは弱々しい笑みを浮かべた。「正しいとも言えるし、まちがっているとも言えるし……。あなたはジェイクが本当に……」

「あなたを愛してるか、ってこと?」リンは目をまるくして笑った。「これ以上確かなことはないわ」

リンはきっぱり断言する。「ジェイクの人柄はあなたもわかってるでしょう？　彼が失業中の俳優じゃないと知ったとき、あなたがどう思うかをひどく気にしてたね。あなたをだましてたんじゃないか、と思われやしないか……」リンは思いだし笑いをした。

「彼、あなたに一目ぼれだったことを認めたのよ。初めて会ったとき、人材派遣会社はもう商売をたたんでしまい、自分はその後のオフィスを引きつぐだけだ、と説明しようとしたんですって。でも、そうしたら、あなたとはもう二度と会えなくなるでしょう？」リンはけらけらと声をあげて笑った。「かわいそうなジェイク。とんだ役回りを演じることになって。これははっきり言えるけど、今まで彼は女性のために一生懸命に何かをしたことはなかったのよ。あらあら、わたしったら、あなたに何も言わせないで、ひとりでべらべらしゃべって……」

「ジェイクがあなたに人材派遣会社の話をしたとき……」ケリーはゆっくりした口調で質問した。「その場にだれか居合わせなかった？」

　リンが眉根を寄せる。「いいえ。あのとき、わたしたちはプールサイドにいて……周りに人はいっぱいいたけど、いっしょだったわけじゃないわ。どうして？」

「わたしの知り合いがね、ジェイクから真相を聞いたと言うものだから。彼がわたしをだまして……」ケリーは懸命に声の調子を整えた。「楽しんでいたことを自慢したって……」

「とんでもないわ！　そんなの嘘《うそ》よ」リンは激しい口調で否定した。「ジェイクはそんなことをする人じゃないわ。ときには短気になることもないとは言わないけど、そんなひどいことのできる人ではないわ。もっと男らしい人よ。ジェイクが自分で説明したはずでしょう？」

「わたし……あなたと同じ飛行機でロンドンに帰っ

たのよ」

「ええっ、じゃ、あなたはジェイクを愛してないの？　わたし、まちがってたのかしら」リンは顔を曇らした。

「愛してるわ」ケリーは低い声で認める。「だからこそ、コルフ島を離れたの。わたし、あなたとジェイクのことを誤解してたの。それで……」

「でも、エジンバラへは行ったんでしょう？」

「ええ」ケリーはため息まじりにつぶやいた。リンの言うことは事実なのだろうか？　ジェイクがわたしを愛してくれている、というのは……。リンによれば、ジェイクははっきり認めたという。ジェレミーの件は、彼がジェイクとリンの会話を立ち聞きして、都合のいいようにでっちあげたのだろう。ジェイクをねたんでいるジェレミーは、ケリーをだまして喜んでいたにちがいない。だったらなぜ、ジェイクはケリーがコルフ島を去った後、追いかけてきてはくれなかったのか？　長い間ほうっておいてから、エジンバラへ呼びよせたりしたのか？　釈然としない点が多すぎる。ケリーは下唇を噛《か》んだが、解明の糸口は見えてきた。

「あの……失礼してもかまわないかしら？」ケリーは早口で言った。「会わなければならない人がいるの」

「ジェイクにもね」

「え……」

「明日、ロンドンに来ることになってるの。ハートランドにアパートメントを持ってるのよ。わたし、いっしょに夕食をとることになってたんだけど、譲るわ」

「いろいろ教えてくださって、ありがとう」

「ジェイクが知ったら、わたし殺されちゃうわ。彼、どうして自分で説明しなかったのかしらねえ」

「たぶん、わたしを愛してないとわかったからでしょう」ケリーは弱々しい声で結論づけた。

リンは断固として首を横に振った。「いいえ。彼はあなたを愛しているわ。彼のことはよく知ってるの。あなたへの気持はけっして消えることのない永遠の愛よ」

ジェレミーの秘書が電話に出て、まもなく本人につながった。受話器の向こうから、はずんだ声が聞こえてきた。

「スーから電話あった？　また妊娠したんだよ。大事にしなくちゃいけない、と医者に言われてね。彼女の手をわずらわせないために、ぼくは平日はロンドンにいて、週末だけうちに帰ることにしてるんだ」

「よかったわね」ケリーは皮肉をこめて言った。「ねえ、ジェレミー。あなたに会いたいの。ききたいことがあるのよ」

「へえ、きみからお声がかかるとはねえ！」

ケリーは奥歯を噛みしめ、煮えたぎる気持を抑えた。

「きみのうち？　それとも、ぼくのところへ来る？」

「そのどっちでもなくて……」ケリーはすばやく頭を働かした。「サヴォイ・ホテルのバーはどうかしら？」

ケリーが予測したとおり、一流の場所で会うという提案に、ジェレミーは喜んで飛びついた。

「じゃ、後でね」

七時十分。ケリーはいらだたしげに腕時計に目をやった。ジェレミーはどこにいるんだろう。それから五分後、ジェレミーがバーに入ってきて、鏡の前で立ちどまるのが目に映った。ルックスはジェイクと比べてもさほど遜色《そんしょく》ないが、中身は大ちがいだ。

ケリーはジェレミーに軽蔑《けいべつ》の念を覚えると同時に、例によって、スーが気の毒になった。

「ああ、来てたんだね」ジェレミーは上体を傾けた。キスされそうだと察知して、ケリーはうまくかわした。

「来てもらったのは、あなたと楽しく過ごすためじゃないの」ケリーはとげとげしい口調で切りだした。「コルフ島でのこと、思いだして」

ウエーターが飲み物を運んできて、ジェレミーのグラスについでいる間、彼は渋い表情をしていた。

ケリーはウエーターが立ち去るのを待って、先を続けた。「あのとき、あなたはジェイクがわたしをだましてた、と言ったわね？　大金持であることを隠して、人材派遣会社の社員のふりをしてる、って。それに、彼にとって、わたしを引っかけるのは一つのチャレンジみたいなものだ、とも言ったわね？」

「だから？」ジェレミーは憂鬱《ゆううつ》そうにきき返す。

ケリーは二、三秒間、グラスの中身に目を落とした。これから行おうとしている賭《かけ》にのぞんで、ケリーの鼓動は高鳴った。

「で、ジェイクにぼくのことを話したわけ？」

ケリーは自分がまちがっていなかった、と直感した。ジェレミーはやはりジェイクに何か言ったのだ。

「ねえ、ジェレミー」ケリーは優位な立場にいるのだ、と自分に言いきかせた。「ジェイクが空港からもどって、わたしが島を出ていったと知ったとき、行き先と理由を尋ねたはずだわ」

「まあね」ジェレミーもしかたなく同意する。「きみを監視してたわけじゃないから、って答えたよ。スーは動揺していて、きみに急用ができた、と言うことすらできなかった」

「あなたはジェイクにどう説明したの？　わたしが彼を嫌いになったから、と言ったんじゃない？」思わず口調が強まる。「そうでしょ、ジェレミー？」

ケリーが念を押すと、ジェレミーのあごの筋肉がこわばり、目の下がぴくぴく引きつった。

「彼は狂ったみたいだった」ジェレミーは浮かない顔で答えた。「きみの行き先とぼくたちがきみに何を言ったのかを知りたがってね。ぼくたちには関係ない、と言ってやったよ」

「あなたがわたしに言ったことを彼に教えなかったの？」ケリーは抑えた声できく。ジェレミーの顔つきで、返事はわかった。「ジェレミー、あなたを憎むべきなんでしょうけど、どうやらその価値もないようね。かわいそうなスー！　まったくどうして、あなたみたいな人間のくずと関《かか》わり合ったのかしらね！」

「なんてことを言うんだ！」ジェレミーも気色ばむ。「ああ、やつはきみにお熱だよ！」音をたててグラスを置くと、肩をいからせ、ケリーを残して出ていった。

ジェイクがわたしにお熱……。今でもその気持は変わっていないだろうか？　リンの話を信じてもいいの？

真相究明の方法は一つしかない。ケリーは腰を上げた。勇気がついえてしまわないように、と祈りながら。

「さあ、今日はこれでおしまい」

メイジーはケリーに好奇心に満ちたまなざしを向けながら、片づけはじめた。ケリーは一日じゅう仕事に追われていたにもかかわらず、いつになく気持が高ぶり、瞳がきらめいている。

「今夜、どこかへいらっしゃるの？」メイジーは好奇心を抑えきれなかった。

「え、ええ……まあね」

この服装でいいかしら？　ケリーは姿見を見つめ

た。帰宅後、もう二度も着替えている。肌によく映えるパステルピンクのシルクのワンピースに、シルバーのジャケットをはおったのだが、ちょっとドレッシーすぎはしないだろうか？　しかし、これ以上着替える時間はない。ぐずぐずしていると、ジェイクが出かけてしまうかもしれない。

　ケリーは持てるかぎりの勇気を奮いおこし、タクシーに乗りこんで、ジェイクのアパートメントの住所を告げた。オフィス街の高層ビルの前で車がとまると、ケリーは姿勢を正して足を踏みだした。

　エレベーターで最上階へ行く。一面に淡いグレーの絨毯《じゅうたん》が敷きつめられ、〈ペントハウス――部外者立入禁止〉と書かれた表示がかかっていた。

　乾いた唇をなめ、思いきって、大理石の壁についているブザーを押した。

　人の気配がするまで、何時間もかかったように思われ、気持がくじけそうになった瞬間、ドアチェーンのはずされる音が聞こえた。全身が硬直する。もし、考えていたことがまちがっていたらどうしよう。ジェイクがわたしを愛しているのではなかったら……。だが、もう遅い。ドアが開き、タオル地のローブをまとったジェイクが奥のほうへもどっていくのが見えた。

「リン、いつも遅いねえ。まあ、入って」

　ケリーは拍子抜けした思いで中に入り、後ろ手にドアを閉めた。ジェイクは立ちどまろうともしないで、広い居間へ歩いていく。グレーやブルーを基調とした男性的な雰囲気でまとめられた部屋だ。

「座れよ。来ないのかと思った」

「あら、そう？」

　デカンターのほうへ伸ばしかけたジェイクの手がとまった。ジェイクは体をこわばらせ、初めてこちらに顔を向ける。

「ケリー？」

「わたし……ばったりリンと会って……」

なんということか……頭が混乱している！　なぜリンの名前を持ちだしたりしたのだろう。

ジェイクは無表情な目を向け、険しい口調で言った。「気の毒に思って来てくれたのかい？　哀れみはけっこうだ。帰りたまえ。お互いのためにならないことはもうやめよう」

ケリーは心の傷を千本の針でつつかれた思いがした。

「ジェイク、お願い」かすれ声で懇願する。

「〝ジェイク、お願い〟か。何をしてほしいんだい？」彼は嘲《あざけ》るように、ケリーの口まねをした。

愛してくれているかどうかなど、とてもきける状況ではない。ジェイクは敵と向かい合っているような顔つきだ。出口のほうへ足が向きそうになったとき、心の中で彼女をしかりつける声がした。これはあなたの一生の賭でしょう？　幸せをつかめるかどうかがこの一瞬にかかっているのよ。しっかりしなくちゃだめ！

「ジェイク、一つだけわたしの質問に答えて」ケリーはなんとか落ちついた声で尋ねた。「これまでだれかに、チャレンジのつもりでわたしを口説いたんだ、と吹聴《ふいちょう》したことはある？」

ジェイクは意外に思ったのか、目を細めて、考えこんだ表情をしている。

「だれがそんなこと言ったんだ？」しばらくたって、彼は逆にきき返した。

ケリーの唇は恐怖と緊張とで乾ききっていた。今の質問を取り消したかったが、そんな気弱なことでは、わざわざやってきた意味がなくなる。

「わたしがなぜコルフ島を離れたか、あなたに教えなかった人物よ」ケリーは平静な声で続けた。「ジエレミーはあなたとリンの話を聞いたと言ったわ。彼はその話をねじ曲げて、わたしにあなたとリンが恋人どうしだと思わせるように仕向けたの」

「恋人どうし？」ジェイクは信じられないという顔で、ゆっくり頭を振った。「だって……」

「わたしの不安な気持を利用したのよ。どうすればわたしが傷つくか、ジェレミーはちゃんと心得ていたわ」ケリーは深く息を吐き、ジェイクを見すえて、静かに言い添えた。「彼はわたしがあなたを愛していたことを知ってたの」

長い沈黙が訪れた。ケリーが耐えきれなくなり、賭は失敗に終わったと判断したとき、初めてジェイクの声音が和らいだ。

「きみがぼくを愛していた？」

ケリーは首を大きく縦に振る。「ええ、今でも。わからなかった？　わたしがどんなふうに……その……あなたに応《こた》えたか、で……」

喉に大きな塊がつかえていたが、今度は説明不足のために彼を失ってはならないと思い、意を決してすべてを口にした。ジェイクに愛されていないかもしれない、リンの判断はまちがっていたかもしれないが、少なくともケリーのほうは事実を告白するつもりだった。

「初めて会った日」ジェイクはおもむろに話しはじめた。「きみを見たとたん、ぼくはどうかなってしまった……。夢でも見ているのかと思った。ぼくがいつも心に描いていた理想の女性が向こうから話しかけてきたんだから。男嫌いのきみが、エスコート役を必要としている。そう聞いて、ぼくは飛びついたね。なんとしても、きみに近づきたかった。後で信頼が得られるようになってから、真実を告白すればいい——あのときはそう考えたんだが、事はそれほど簡単にはいかなかった。きみは未亡人で、どうやら亡くなったご主人を今でも深く愛しているらしい。ジェレミーという男の存在も気になる。それに、なぜかきみはぼくを貧乏人だと決めつけていた。おかしなものだね。そのうち、ぼくは単にきみの愛情を勝ち得るだけではなくて、地位や財産に関係なく、ぼく自身を一人の人間として愛してほしい、と願うようになっていた」

「愛していたわ。そのままのあなたを愛していたの。ずいぶん悩んだけど、コルフ島であなたを心から求めていることを認めないわけにはいかないと知ったの。あの夜、あなたに、この世の中であなた以上にたいせつなものはない、と言おうとしたのよ。とっても幸せで……」

「それで逃げだしたのかい？」

「ジェレミーから、あなたの正体を教えられたからよ。わたしはいいようにだまされていたんだって、笑われたわ。たまらなくなって、逃げだしたの。そうしたら、空港でリンといっしょにいるあなたを見かけて、やっぱりジェレミーの話は嘘じゃなかったんだ、と思ったわ」

「ケリー！　そんな誤解をしてたなんて……。とんでもないよ！　きみは本当にぼくを愛してくれるのかい？」ジェイクは両手で彼女の顔を包み、じっとのぞきこんだ。

「ええ、言葉では表現できないくらい、愛してるわ。あなたが追いかけてきて、すべてを説明してくれることを祈っていたのに……」

「二度と顔も見たくない、ときみが言ってたって、ジェレミーから聞いたんだよ。ぼくがコリンを――コリンのしたことを――思いださせるから、って。だから、ぼくから離れて、別の男と結婚するつもりだって。それを聞いて、ぼくはきみのことなんかどうでもいいじゃないか、と自分に言いきかせようとしたが……だめだった。なんとか一カ月はそうやって過ごしたんだが、とうとう我慢できなくなって、きみをエジンバラへ連れていきたい、と父を説得にかかった。マルヌ島へ行けば、何もかもうまくいく、きみが愛しているのはほかの男の幻ではなく、ぼく自身なのだ、ということを証明できると考えた」

「あなたが怒っていた理由はそれなのね。わたしはまた、何かわたしが不都合なことをしたせいかと思っていたんだけど……。リンから、あなたがわたしに愛情を持っていると聞いて、耳を疑ったわ。ジェレミーがわたしたち二人に嘘をついていたらしいとわかって、直接確かめてみたの。ジェイク、あなたはけっしてコリンの代用品なんかじゃなかったのよ。あの夜、わたしが言ったことは全部、本当。何年もたってわかったのだけれど、わたし、一度もコリンを愛したことはなかったの。ただ、ひどい仕打ちを受けたために男の人を信じられなくなっていたの。それが、あなたに会ったとたん、心を奪われてしまって……」

「うれしいねえ。ようやく許しがもらえた」ケリーは突然、ジェイクがローブしか身につけていないことと、彼の目に怪しい光が宿っていることに気がついた。

ケリーの呼吸が乱れ、せきこむような口調できいた。「どういう意味？」

「初めて、お互いになんのごまかしもなく、きみを抱くことができる、という意味だよ。こうやってね」ジェイクのキスに、ケリーはくらくらとなる。彼の肩にもたれかかり、唇のあいだから荒い息を吐いた。「きみがコリンやジェレミーのことを考えているんじゃないか、と気にかけることなくね。こうすることもできるんだ」

ジェイクは喉につかえたような声でつぶやき、ケリーのジャケットの下に両手をさし入れ、胸の曲線にあてがった。唇を合わせ、彼女の体を抱きよせる。リンの話が事実であることを証明するのに、これ以上のものはなかった。

「ケリー、愛してるよ」ジェイクはだいぶたってから、熱を帯びた声でつぶやき、唇を離した。ワンピースの小さなボタンをゆっくりはずしていく。「愛しすぎて、胃が痛くなったほどだ。きみの冷たい態度にくじけそうになったけど、きみの中には温かい生身の女性がひそんでいることがわかっていたから、それを引きだそうと決意したんだ」

「そして、つかまえたのね？」ジェイクの唇が胸のラインをなぞり、ケリーは思わず体を震わせた。

「うん。年寄りを喜ばせてくれる、と約束するまで、逃がしはしないよ。もし、ぼくがきみをエジンバラへ連れて帰ることができなかったら、マルヌ島のことも社長昇進もあきらめるように、と父に言い渡された。女性を説得するのは会社経営よりむずかしいのは父にもわかってるけど、きみを説き伏せられないようなら、ぼくを跡継ぎとして認めないと言うんだ。もっとも、父も今すぐ引退するわけではない。孫でもできたときに考えるつもりじゃないかな」急に口調が改まった。「ケリー、ぼくと結婚してくれないか？」

ケリーは爪先立ちになって、彼の首に腕をかけ、頭を引きよせた。唇を重ねながら、同意の言葉をつぶやく。ジェイクはそれに応えて、彼女の熱い体に回した腕に力をこめ、抱き上げた。暖炉のそばへ行き、そっと彼女を床に下ろす。スタンドの明かりが前かがみになっているジェイクの顔を照らした。

「今度はだれにも邪魔されないよう願いたいね」

「だいじょうぶよ。ここに飛行機が着陸するはずないもの」ケリーはくすくす笑った。「ああ、ジェイク……」しびれを切らしたように訴える。「わたしを愛して！　お願いだから」とささやいてジェイクの引きしまった肉体に手をかけた。唇と唇が重なったとき、ケリーの心から過去が遠のき、期待に満ちた未来を迎え入れる気持になった。

ハーレクイン®

ハーレクイン・ロマンス　1987年7月刊（R-544）

アイスレディ
2020年7月5日発行

著　　者　ペニー・ジョーダン
訳　　者　古城裕子（こじょう　ゆうこ）

発 行 人　鈴木幸辰
発 行 所　株式会社ハーパーコリンズ・ジャパン
東京都千代田区大手町 1-5-1
電話 03-6269-2883（営業）
0570-008091（読者サービス係）

印刷・製本　大日本印刷株式会社
東京都新宿区市谷加賀町 1-1-1

装 丁 者　高岡直子

表紙写真　© Oleg Gekman, Terng99, Freesurf69 | Dreamstime.com

ISBN978-4-596-59171-5 C0297

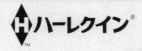

ハーレクイン・シリーズ 7月5日刊 発売中

ハーレクイン・ロマンス　愛の激しさを知る

海運王が求めた無垢	スーザン・スティーヴンス／東　みなみ 訳	R-3501
大富豪と砂糖菓子の花嫁 〈ブルネッティ家の恋模様Ⅱ〉	タラ・パミー／中村美穂 訳	R-3502
碧に染まった清らな乙女 《純潔のシンデレラ》	ベラ・フランシス／湯川杏奈 訳	R-3503
ガラスの家 《伝説の名作選》	ミシェル・リード／松村和紀子 訳	R-3504

ハーレクイン・イマージュ　ピュアな思いに満たされる

恋の誤算、小さな奇跡	キャロライン・アンダーソン／堺谷ますみ 訳	I-2617
悪い狼を愛したシンデレラ	ケイト・ヒューイット／麦田あかり 訳	I-2618

ハーレクイン・マスターピース　創刊　世界に愛された作家たち　～永久不滅の銘作コレクション～

アイスレディ 《特選ペニー・ジョーダン》	ペニー・ジョーダン／古城裕子 訳	MP-1

ハーレクイン・ヒストリカル・スペシャル　華やかなりし時代へ誘う

完璧な公爵のあやまち	クリスティン・メリル／高山　恵 訳	PHS-234
夢の求婚者	ジョージーナ・デボン／すずきいづみ 訳	PHS-235

ハーレクイン・プレゼンツ作家シリーズ別冊

百万ドルの花嫁	ロビン・ドナルド／平江まゆみ 訳	PB-281

ハーレクイン・ディザイア、ハーレクイン・セレクトは形を変えて、生まれ変わります！

♡7月からは、ハーレクイン・マスターピース（MP：5日刊、20日刊）、ハーレクイン・スペシャル・アンソロジー（HPA：20日刊）、ハーレクイン・ロマンス～伝説の名作選～（5日刊、20日刊）、ハーレクイン・イマージュ～至宝の名作選～（20日刊）で、お楽しみいただけます。

※予告なく発売日・刊行タイトルが変更になる場合がございます。ご了承ください。

新シリーズ創刊！

ハーレクイン・マスターピース

世界に愛された作家たち ～永久不滅の銘作コレクション～

2020年7月5日刊

《特選ペニー・ジョーダン》

『アイスレディ』(MP-1)

親友の好色な夫から身を守るため、逞しいジェイクを恋人役に雇ったケリーは…。ギリシアが舞台の灼熱の恋物語、20余年の時を経て、待望のリバイバル刊行！

(初版：R-544)

2020年7月20日刊

《ベティ・ニールズ・コレクション》

『プロポーズを夢見て』(MP-2)

皮肉なオランダ人外科医ファン・ティーンを見舞い客と勘違いしたナースのブリタニア。なぜか彼と結婚すると直感したが、彼女が笑いかけても、彼は冷たい顔で…。

(初版：I-1886)

ハーレクイン・ロマンスとハーレクイン・イマージュより 奇数月と偶数月に
それぞれお贈りしてきた、ハーレクインが誇る2大スター作家
ペニー・ジョーダンとベティ・ニールズの復刻版。

毎月5日刊では《特選ペニー・ジョーダン》、20日刊では
《ベティ・ニールズ・コレクション》と銘打ち、美麗装丁にてお届けします！